Die Wandlung eines Schattens, zu Licht

Bericht eines Zeitzeugen

aufgenommen von Chris. D.

„Ein Schatten glitt von einem Haus zum anderen, von einer Tür zur anderen, bis er dachte er könnte hier finde, was er suchte.
(Zum jetzigen Zeitpunkt ist es sehr schwer zu erkennen ob der Schatten etwas Gutes oder etwas weniger Gutes zu uns bringen wird. Wenn es etwas Gutes ist, dann lass uns hoffen, dass er findet was er sucht. Ist es etwas weniger Gutes? dann? ja was hoffen wir denn dann?*1)
Langsam nahm der Schatten Gestalt an und wurde ... zu einem Mann. Einem Mann etwa

*1 Bemerkungen des Zeitzeugen

180 cm groß.

(Was denkst du? nicht sonderlich groß für einen Bösewicht? Meinst du, er sollte mindestens 2 Meter groß sein damit jeder sagen kann: „Seht dort geht ein Bösewicht?" Leider ist es nicht so einfach. Außerdem, so mancher, den man zu Beginn einer Erzählung, für einen Bösewicht gehalten hat entpuppte sich später als der Held, der am Ende alle rettet, und sogar die schöne junge Frau heiratet, die gleich zu Beginn einer Geschichte in Gefahr geriet. Aber nicht vergessen! Das ist nur in manchen Geschichten so, und dies ist eine Erzählung, also vermische bitte nicht die einzelnen Erzählstile. Zudem, Geschichten sind nicht immer wahr, Erzählungen dagegen immer. Außerdem steht noch gar nicht fest, dass der 180 cm große, aus einem Schatten geborene Mann, ein Bösewicht ist. *1)

*1 Bemerkungen des Zeitzeugen

Gekleidet war der Mann, der aus einem Schatten heraus geboren wurde, ganz in Schwarz. Von Kopf bis Fuß schwarz. Sein Haar: Pechschwarz. Seine Augen: schwarz.
(So schwarz, dass man, wenn man genau hinein sah, beinahe ein rotes Glühen darin erkennen konnte. Aber wer sollte sich schon wagen Ihn so genau anzuschauen, oder Ihm überhaupt so genau in die Augen zu schauen. *1)
Das Weiß seiner Augen schien beinahe das Licht zu reflektieren.
(Schien es wirklich nur so? *1)

Sein Anzug so schwarz, dass kein Lichtstrahl es wagte sich in Ihm zu spiegeln; kein Staubkorn es wagte, sich auch nur für den winzigen Hauch eines Augenblickes auf Ihm auszuruhen oder gar daran zu denken es zu tun.
Seine Schuhe so zart, und fein,

*1 Bemerkungen des Zeitzeugen

und schwarz, dass man denken könnte er trüge gar keine. Und sein Umhang, für einen winzigen Augenblick hatte man den Eindruck als seien es große schwarze Flügel.
(Was sagst du? Eine optische Täuschung? Welcher Mensch hatte schon große schwarze Flügel? Möglich. Nur ein Irrtum. Denn niemand hat Flügel, außer natürlich: die Vögel. Aber dieser Mann der aus dem Schatten heraus erschienen war, war ganz sicher kein Vogel. Aber, wenn man es recht bedenkt, welcher Mensch *wird aus einem Schatten geboren? Ich habe nicht einmal gesagt dass es sich dabei um einen Menschen handelt. Diese Behauptung stammt alleine von dir.*1)*

„Guten Tag. Was kann ich für sie tun?" fragte die Sekretärin freundlich und sah auf.
(Ihr Blick änderte sich auf der Stelle als sie Ihn ansah. Hätte

*1 Bemerkungen des Zeitzeugen

*man sie gefragt, sie wäre sich dessen nicht bewusst gewesen. *1)*

„Guten Tag. Ich möchte dass sie eine Frau suchen." sagte der Schattengeborene.

*(Mit einer Stimme, so kalt wie die Sonne, so heiß wie ein Eisberg, so süß wie eine Zitrone, so sauer wie Honig, so lieblich, wie das zischen einer Schlange, so abstoßend, wie das schnurren einer Katze, so erfreulich, wie ein tiefes dunkles Loch, und so angsteinflößend, wie das Lachen eines Kindes. *1)*

„Eine Bestimmte, oder ist es egal welche?" scherzte sie und machte Ihm leicht übertrieben schöne Augen.

(Was sagst du? Ob sie keine Angst vor Ihm hatte? Begegneten Ihr jeden Tag Schattengeborene? Weshalb sollte sie Angst vor Ihm haben? Sie wusste doch nichts darüber wie er vor ihrer Tür erschienen war. Also, weshalb sollte sie sich

*1 Bemerkungen des Zeitzeugen

dann fürchten? *1)

„Oh, ja. Ich suche eine ganz bestimmte Frau."

(Ein leichtes Lächeln umspielte die Lippen des Schattengeborenen. Ganz so, als sei er es nicht gewohnt dass jemand mit Ihm scherzte. *1)

„In Ordnung. Dann erledigen wir erst einmal die Formalitäten …"

„Ich zahle 2000 pro Tag plus Sonderausgaben." teilte der Schattengeborene sofort mit.

(Wie jemand der wusste: Mit Geld kann man alles kaufen. Wie jemand, der begierig darauf war, diese Frau unbedingt zu finden. *1)

„Und wie lange haben wir Zeit diese Frau zu finden?" fragte die Sekretärin schmunzelnd.

„Ha. Der war gut." lachte der Schattenmann amüsiert.

(Er war wirklich richtig amüsiert. Das hatte es, glaube ich, noch nie gegeben. Aber woher solltest du das wissen, du kennst Ihn ja erst ein paar

---

*1 Bemerkungen des Zeitzeugen

Minuten. *1)
„Aber keine Sorge Herr …?"
„… Morgenstern, Belial Morgenstern."
(Belial? wo habe ich denn diesen Namen schon einmal gehört? Ich muss bei Gelegenheit in einem Lexikon nachschauen. Belial? Aber auch Morgenstern kommt mir so bekannt vor. Nein - nein, ich meine damit nicht den Stern der am Himmel steht. Ich komme schon noch drauf. Wenn du einen Augenblick wartest, schaue ich gleich nach. *1)

(Ah ja. Da haben wir es ja schon. Belial: ursprünglich 'Bosheit', 'Verderben' -z.B. 5 Moses 13, 14; PS 18,5- im späten Judentum personifiziert zur gottfeindlichen Macht. - 2 Kor 6,15-
Und den **Morgenstern** *kennst du hoffentlich. Manche nennen Ihn Venus. Aber der Morgenstern wird auch oft als Name des Teufels verwandt. Denn: Luzifer,*

*1 Bemerkungen des Zeitzeugen

was im lateinischen Lichtbringer heißt, wird wie bereits gesagt, auch Morgenstern genannt. Und weil ich gerade so schön am lesen und erklären bin: Selbst Christus wird als Morgenstern bezeichnet, - Offb. 22,16 vgl. 2 Petr. 1,19-
So, das sollte genügen. Wenn du mehr wissen willst, schau selber nach. Bücher gab es sicher schon zu deiner Zeit.
Außerdem wäre es wohl zu viel des Guten, wenn man vom Namen einer Person, auf den Charakter einer anderen Person schließen würde. Nicht wahr? *1)
„Keine Sorge Herr Morgenstern, so viel Geld wollen wir gar nicht von Ihnen. Wir haben einen festen Regelsatz."
(Das findet man jetzt sehr häufig auf der Erde, dass die Menschen nicht mehr Geld wollen, als Ihnen zusteht. Es gibt sogar Menschen die helfen einem Anderen einfach nur deshalb,

*1 Bemerkungen des Zeitzeugen

weil der Andere sich darüber freut. *1)

„Sie haben inklusive des heutigen Tages 2 Monate Zeit. D. h. 49 Tage. Danach ist es zu spät." erklärte Herr Morgenstern. *(2 Monate sind 49 Tage? dann hätte ja ein Monat, 24 Tage, und der andere, 25 Tage. Wie ist denn das möglich? Hat der Schattengeborene mit dem schönen Namen Belial sich vertan? wollte er möglicherweise sagen: „**Fast 2 Monate?**" Nein, das wollte er nicht. Dieses JETZT in meiner Erzählung, -es ist übrigens das Heute für mich, wie es gerade das Heute für dich ist-, also: dieses JETZT befindet sich einige Jahrhunderte in der Zukunft.*

Die Erde hat Ihre Umlaufbahn um die Sonne verkleinert. Aber das ist nichts Gefährliches. Des Weiteren leben nicht mehr viele Menschen auf der Erde. Nicht etwa, weil die Raumfahrt so weit

*1 Bemerkungen des Zeitzeugen

fortgeschritten ist und man jetzt auf andere Planeten fliegt um diese zu besiedeln. Nein. Von solchen Spielereien ist man schon lange, sehr lange abgekommen. Nein. Es lag nur an den Kriegen, dass es jetzt noch so wenige Menschen gibt. Die wenigen Menschen die es jetzt noch gibt, sind überwiegend friedlich. Aber hin und wider gibt es noch die Eine oder andere Ausnahme. Aber darüber zu erzählen würde den Rahmen dieser kleinen Erzählung sprengen. Die Menschen die JETZT leben, wissen nichts mehr von Kriegen. Sie wissen nichts mehr von der Vergangenheit der Menschen. Es interessiert sie auch nicht. Sie wissen auch nicht, dass ein Tag einmal 24 Stunden hatte, oder dass ein Monat 30 oder 31 Tage hatte. Sie wissen nichts von großen schrecklichen Maschinen, Bomben, Raketen, Gewehren, Pistolen oder Messern mit denen

man andere Menschen verletzen oder töten kann. Die Menschen die jetzt leben sind Freunde, nette Nachbarn, beinahe so etwas wie eine große fürsorgliche Familie. Was aber nicht heißt, dass jetzt jeder guckt was sein Nachbar, Freund oder Verwandter anstellt. Nein jetzt vertraut jeder Jedem. Niemand hasst sich, also weshalb hätte dann die Sekretärin vor dem Schattengeborenen Angst haben sollen?
Ein weiteres Außerdem: Es gibt jetzt noch etwas. Wunder. Ja, wirkliche echte Wunder. Es soll sogar Menschen gegeben haben, die echte Engel gesehen haben. Und niemand hält einen anderen für verrückt, nur weil er behauptet einen gesehen zu haben.
Da könnte man sich doch fast wünschen, dass man in dieser Zukunft leben kann nicht wahr? Und was ist dann hier mit deinem Fernseher? deinem

*1 Bemerkungen des Zeitzeugen

Computer, deinem Handy, deinen Spiele Konsolen, deinem Führerschein, dem Haus deines Nachbarn von dem du dir wünschst, dasselbe zu haben, nur schöner, und größer? Was ist mit dem Urlaub, den du dieses Jahr noch, unbedingt, machen musst, weil ja dein Arbeitskollege auch dieses Jahr dorthin fährt? Du musst doch mindestens eine Woche länger dort bleiben. Oder etwa nicht?
Genau. Wir befinden uns sehr weit in der Zukunft. Sonst würde sicher keiner einem anderen helfen bloß weil wieder der andere sich darüber freut. *1)

„In Ordnung. Ich nehme jetzt die Daten auf und gebe sie dann an einen unserer Bearbeiter weiter. Zuerst benötigen wir den Namen der vermissten Person, dann Ihre letzte Postanschrift, Ihre Gewohnheiten und zu guter Letzt, eine Photographie der vermissten Person."

*1 Bemerkungen des Zeitzeugen

„Gut, Ihr Name ist Oona. Gewohnt hat sie zuletzt …" beeilte er sich ihr mitzuteilen.

„… langsam, langsam. Bitte. Una schreibt man wie? U? …" unterbrach sie Ihn schnell.

„Nein. O. O. N. A. Zumindest stellte sie sich so bei mir vor." buchstabierte Herr Morgenstern.

„Und der Nachname?"

„Nachname Ma´roona. Oona Ma´roona?" fragte er verwirrt.

„Ein sehr schöner Name." bemerkte die Sekretärin leise.

(Ach ja. Man sagt seinem Gegenüber jetzt, dass etwas schön ist, oder dass er etwas gut kann. Und sollte er etwas nicht so gut können dann bietet man Ihm seine Hilfe an. Oder man lobt Ihn, obwohl er es nicht so gut kann, da man weiß wie sehr er sich angestrengt hat. *1)

„Ja. Der Name passt zu Ihr." bemerkte nun Herr Morgenstern, der Schattengeborene ebenso leise.

„Wann wurde sie geboren?"

1 Bemerkungen des Zeitzeugen

„Etwa..., so genau weiß ich das gar nicht. Ich denke aber, als ich sie kennen lernte, war sie höchstens 17 Jahre. Das müsste kurz nach Kleopatras Tod gewesen sein. Sie zettelte da einen kleinen Aufstand an, der mich fast den linken Arm gekostet hätte."
„Das heißt sie müsste jetzt ungefähr … siebentausend Jahre alt sein, Plusminus ein paar Jahrhunderte?"
„Oh. Oh. Nein. Nein. Sie ist …" fiel es Ihm schnell noch ein dass die Menschen nicht so alt werden.
(Der Schattengeborene, mit dem schönen Namen Belial, der eine schöne Frau mit dem noch schöneren Namen Oona Ma'roona sucht, war leicht verwirrt. An solche Kleinigkeiten hatte er nicht gedacht. *1)
'Wenn nur Hein in der Nähe wäre, mein alter Freund und Berater. Er könnte mir aus der Patsche helfen.' überlegte Belial

*1 Bemerkungen des Zeitzeugen

schnell.
(Aber leider wusste er nicht wo sein Freund aus alten Tagen sich zurzeit befand. Oder war es ein Glück? Denn die beiden hatten sich leider, (leider?) vor geraumer Zeit, aus den Augen verloren. Das heißt, eigentlich hatte Belial nur seine Anschrift verschlampt.
Ja, ich muss zugeben, selbst so etwas gibt es hier und heute auch noch. Daran hat sich nichts geändert. Wenn jemand sehr schusslig ist, dann bleibt er schusselig. Dafür, oder eben dagegen, ist immer noch kein Kraut gewachsen.
Sein Freund Hein würde sich bestimmt besser auskennen. Der verliert niemals etwas. Er findet immer nur. Und die Sekretärin glaubte ohnehin nicht dass Oona Ma'roona fast 7000 Jahre alt ist, Plusminus ein paar Jahrhunderte. *1)

„... es tut mir leid, ich weiß nur, dass sie sich an nichts aus ihrer

*1 Bemerkungen des Zeitzeugen

Vergangenheit erinnern kann. Ich glaube nicht einmal, dass sie noch weiß wie ihr Name lautet, sonst hätte sie sich auf jeden Fall schon bei mir sehen lassen. Das macht sie immer, wenn sie *in der Nähe* ist. Das ist so etwas wie ein Ritual. Und sollte es einmal nicht der Fall sein, haben wir uns versprochen, werde ich nach Ihr suchen. Oder sie nach mir. Und ICH, breche niemals ein Versprechen. Von Oona weiß ich jetzt nur noch, dass sie hier in dieser Stadt verloren ging."
„Hatte sie womöglich einen Unfall, oder erlitt sie einen Schock? Eventuell einen dadurch verursachten Gedächtnisverlust?"
„Ja, das befürchte ich." stimmte er ihr zu.
(Die Sekretärin hatte Mitleid mit dem Schattengeborenen Belial Morgenstern, von dem sie nicht wusste, dass er aus Schatten geboren war. *1)
„Mir kam zu Ohren, dass sie

*1 Bemerkungen des Zeitzeugen

möglicherweise hier in einem ihrer Spitäler war. Wenn sie die Frau war von der ich hörte muss sie 3 Monate krank gewesen sein."

„3 Monate? und das bei unseren Heilungsmöglichkeiten? Dann muss die Verletzung enorm gewesen sein.

Aber Ihnen ist hoffentlich bewusst, dass, selbst wenn wir sie finden, sie nicht einfach zu Ihr gehen können und ihr sagen: *'Hallo Oona ich bin dein Mann, komm jetzt mit nach Hause die Kinder warten.'* Das könnte, einfach ausgedrückt, tödlich für sie enden."

(Herr Morgenstern, der Schattengeborene, horchte interessiert auf. Sehr bekümmert sah er in diesem Augenblick nicht aus. Eher erfreut? *1)

'Das könnte dass Ende meiner Probleme mit Oona sein.' schmunzelte er in sich hinein.

(Ja, die Gefahr dass Oona Ma'roona bei falscher

---

*1 Bemerkungen des Zeitzeugen

Behandlung sterben könnte, erheiterte Ihn wirklich. Und das in dieser Zeit? Was ist der Schattengeborene denn für ein Mensch, dass er sich am möglichen tot einer schönen Frau mit einem noch schöneren Namen erfreut?
*Obwohl? Hast du schon einmal einen Menschen gesehen der aus einem Schatten geboren wurde? So? Das habe ich schon einmal gefragt? Aber nein, dabei ging es doch wohl um Flügel!!! *1)*

„… denn immerhin geht Ihr Leben weiter, wenn auch nicht an Ihrer Seite …" erklärte die Sekretärin weiter. Sie hatte Ihn nicht angeschaut, sie wollte das Leid in seinen Augen nicht sehen.
*(Ach hätte sie doch nur in sein Gesicht gesehen. *1)*
„Mira, taktvoll wie wir sie lieben." sagte plötzlich ein älterer Mann, der gerade das Büro betreten hatte, ironisch.
(Ja, Ironie gibt es auch heute

*1 Bemerkungen des Zeitzeugen

noch. Oder war es Sarkasmus? Die beiden verwechsele ich immer.*1)

Der ältere Mann zog seinen Überwurf aus und hängte ihn an seinen Haken. Erst danach sah er sich den Klienten an um Ihn zu begrüßen.

„Beli, bist wirklich du das? Du meine Güte. Das ist ja eine Ewigkeit her, seit ich dich zuletzt gesehen habe. Was hat so lange gedauert bis du dich mal wieder bei mir sehen lässt?" fragte der Ältere freudestrahlend. Er war wirklich sehr erfreut den Jüngeren wieder zu sehen. Und beide fielen sich in die Arme.

„Hein mein Freund. Lange ist es her."

(Ja. Zufälle gibt es auch jetzt noch. Und wie groß musste dieser Zufall sein, dass der Schattengeborene, dessen Umhang so aussah als seien es große, schwarze Flügel, ausgerechnet hier seinen lange verschollenen Freund wieder

*1 *Bemerkungen des Zeitzeugen*

*traf? *1)*

„Mira, wer könnte seinen Fall übernehmen? Gabriel?" fragte Belials Freund Hein, die Sekretärin, nachdem er sich kurz angehört hatte was seinen Freund hierher geführt hatte.
„Nein. Gabriel hat heute Urlaub, wäre aber morgen wieder da." erklärte Mira nach einem Blick in Gabriels Terminkalender, den sie verwaltete.
„Gut dann mache für Morgen einen Termin. Ab wann in der Frühe bist du morgen da?"
„Gar nicht. Morgen habe ich frei, Chef. Dafür kommt Michaja."
„*Chef?*" neckte *Beli* Morgenstern seinen alten Freund. „Aber, es könnte auch jemand anderes, meinen Fall übernehmen." schlug Herr Morgenstern vor.
(Ihm war egal WER diese Frau suchte. Hauptsache Jemand suchte und FAND sie. Sein Freund erkannte diese Gedanken

*in den Augen des Jüngeren. *1)*
„Ja, wer hätte je gedacht, dass ich einmal eine Respektsperson unter den Lebenden werde." überlegte Belials Freund Hein amüsiert, um Mira von Ihm abzulenken.
*(Denn sie hatte Ihn diesmal angeschaut, und etwas sehr Merkwürdiges in seinem Blick gesehen. *1)*
„Glaube mir, mein Freund, Gabriel ist genau die richtige Person für diese Arbeit." erklärte er Ihm leise. „In Ordnung Mira, lege bitte für Morgen einen Termin bei Gabriel fest und lege Michaja einen Zettel hin."
„Keine Sorge Herr Morgenstern, wir werden Ihre Frau schon finden." versuchte Mira Ihn zu trösten, denn er schien doch nun wieder sehr niedergeschlagen zu sein, weil er sie nicht fand.
„Meine …?" begann Herr Morgenstern verwirrt. Er wollte gerade fragen wie sie denn auf diesen Gedanken kam, als Hein,

*1 Bemerkungen des Zeitzeugen

sein Freund aus alten Tagen, Ihn wieder ansprach.

„Beli kommst du mit in mein Büro? dort können wir uns über die vergangenen 7 Jahre unterhalten, in denen wir uns nicht gesehen haben. Es hat sich eine Menge verändert, seit ich euch Zuhause verlassen habe..."
Mehr bekam Mira nicht mehr mit, da ihr Chef die Tür hinter seinem Freund schloss.

***

„Guten Morgen. Mein Name ist Morgenstern, Belial Morgenstern. Ich habe einen Termin bei einem gewissen Michaja." begrüßte er die neue Empfangsdame.
„Guten Morgen Herr Morgenstern. Ich bin Michaja. Einen Augenblick bitte. Ich sage Gabriel sofort, dass sie da sind. Nehmen sie bitte so lange Platz."
Die Empfangsdame stand auf ging zu einer von 3 Türen,

*1 Bemerkungen des Zeitzeugen

klopfte kurz an und ging nach einem gedämpft klingenden „Herein" sofort hinein.

„Sie können jetzt hinein. Gabriel erwartet sie."
„Danke sehr." Belial war versucht sie zu fragen ob sie schon wisse ob es ein Mädchen oder ein Knabe wird.
Aber aus der Art in der sie ihre Kleidung trug schloss er, dass noch niemand wissen sollte, dass sie schwanger ist.
(Woher weiß er, dass sie schwanger ist? Ganz geheuer ist mir das nicht. *1)
Als er das Büro von Gabriel betreten hatte, fragte sie, ob sie etwas zu trinken bringen solle, als beide verneinten, schloss sie leise die Tür, und ging wieder zu ihrem Platz.
„Guten Morgen. Bitte nehmen sie Platz. Ich hoffe es stört sie nicht, dass ich die Rollläden etwas herunter gelassen habe. Ich hatte vor einiger Zeit einen

*1 Bemerkungen des Zeitzeugen

kleinen Unfall, seitdem sind meine Augen etwas lichtempfindlich." wurde er gleich begrüßt, nachdem er in das leicht abgedunkelte Büro von Gabriel getreten war.

„Sie sind eine Frau." rief er erstaunt.

„Oh, wirklich? Das fiel mir noch gar nicht auf. Aber, Danke für die Warnung." erwiderte Gabriel als wäre sie wirklich dankbar für diesen Hinweis.

„Nein, so meinte ich es nicht." entsetzt wurde Ihm bewusst was er da gerade gesagt hatte. „Ich dachte sie seien ein Mann ..., einer meiner Brüder trägt diesen Namen, und wir sind nicht sonderlich gut aufeinander zu sprechen."

„Ich verstehe." erklärte Gabriel. Und es klang als sei sie aufrichtig beeindruckt, von seiner schnellen Auffassungsgabe.

*(Aber glaube mir, es klang nur so. *1)*

1 Bemerkungen des Zeitzeugen

„... ich meine ... ich dachte nicht ..."
(Sie war versucht zu erwidern, dass man ohne Schwierigkeiten merkte, dass er nicht dachte. Aber es würde Heinrich, ihrem Chef, sicherlich nicht gefallen, wenn sie schon wieder einen Klienten vergraulte. Also schwieg sie, und lächelte höflich, obwohl er es nicht sehen konnte. *1)
„Ich dachte nicht, dass sie eine Frau sind, weil doch Gabriel ein Männername ist. Es tut mir leid."
„Lassen sie mich?" begann Gabriel. „Ist die Tatsache, dass ich kein Mann bin, ein Problem für sie?"
„Nein, nein. Natürlich nicht." beantwortete er schnell ihre Frage.
„Das freut mich außerordentlich." erklärte sie Ihm im gleichen Tonfall wie man ein Kind lobte, dem man die Antwort auf eine schwierige

*1 Bemerkungen des Zeitzeugen

Frage in den Mund legte.

Und Belial wurde das Gefühl nicht los, dass diese Frau Ihn, nach nur wenigen Worten, für einen ausgemachten Idioten hielt.

(Musste sie vorsichtig sein? die Augen des Mannes, der aus dem Schatten geboren worden war, begannen gefährlich zu glühen. Ja, sie begannen richtig zu glühen. Du erinnerst dich? Am Anfang sagte ich: „So schwarz das man, wenn man genau hinein sah, beinahe ein rotes Glühen darin erkennen konnte. Aber wer sollte sich schon wagen...- ja genau das meinte ich, dieses rote Glühen. Dieses Glühen breitete sich aus. Je nachdem wie wütend er war, umso mehr glühten seine Augen. Und Gabriel schien Ihn gerade sehr, sehr, wütend gemacht zu haben. *1)

„Sehr schön. Dann hätten wir das, fürs erste geklärt."

Sie sah Ihn nicht ein einziges

*1 Bemerkungen des Zeitzeugen

Mal an. Dies konnte er an der Silhouette erkennen, die sich vor den Jalousien abzeichnete. Außerdem schien sie ihr Büro, und den Lichteinfall ganz genau zu kennen. Denn obwohl es abgedunkelt war, war der Raum, für Ihn selbst, erstaunlich hell. Nur, das er Gabriel eben nicht erkennen konnte.

Und da sie nicht aufgesehen hatte, hatte sie auch sicher nicht, das Glühen in seinen Augen gesehen.

'Ihre Antwort hatte merkwürdiger Weise, in verletzender Weise, genau auf seine Gedankengänge gepasst. Sicher nur ein Zufall.' hoffte Belial inständig.

„Genau, ..." begann sie mit einem Blick auf die Unterlagen, die vor ihr auf dem Schreibtisch lagen, und über die sie sich die ganze Zeit beugte. „... die Frau die sie suchen, ..." begann Gabriel, überlegte sich den Satz dann aber doch anders und sagte:

*1 Bemerkungen des Zeitzeugen

„*Ihre Frau* könnte überall sein. Ich habe schon einmal einige Informationen eingeholt.
Aus den 7 Krankenhäusern dieser Stadt wurden in den letzten 13 Monaten 713 Frauen entlassen. 13 Monate deshalb, weil ich nicht wusste seit wann genau sie Ihre Frau vermissen."
„Das ist ein toller Zufall mit der Zahl nicht wahr?" versuchte Belial eine ungezwungene Konversation zu beginnen.
„Ja, das fiel mir auch auf. 7 Krankenhäuser, 13 Monate und 713 vermisste Frauen. Da hätte ich mir die Recherche fast sparen können." witzelte sie.
„Aber die Zahl lichtet sich noch drastisch durch die Fragen die ich Ihnen jetzt stellen werde. Es kann sogar sein, dass am Ende keine übrig bleibt. Hautfarbe?"
„Meine?"
„Na` die sehe ich ja wohl. Nein. Die Ihrer Frau."
„Ein helles Braun, aber nicht so hell wie Karamell, eher wie

Kaffee, mit einem Schuss zu viel Milch, aber davon auch wieder nicht zu viel, doch eher wie Mokka, nur nicht ganz so dunkel, etwas heller, aber nicht zu hell..., doch eher, ..., ihre Augenfarbe ..." fügte er schnell hinzu, als er bemerkte, wie sehr er ins Schwärmen geriet.

„ … uninteressant." unterbrach Gabriel ihn grob. Fügte aber, um ihrer groben Art etwas die Schärfe zu nehmen sanfter hinzu, „Es gibt verschiedenfarbige Kontaktlinsen, und Haare kann man färben, und abschneiden."

„Das würde sie nie tun. Das hat sie mir versprochen." rief er entsetzt. Seine Stimme hätte sich beinahe überschlagen.

Für diesen Augenblick tat er Gabriel aufrichtig leid. Herr Morgenstern schien seine Frau wirklich sehr zu vermissen. Leise fragte sie Ihn deshalb mitfühlend, „Glauben sie wirklich, dass sie sich daran

noch erinnern kann, wenn sie so eine unwichtige Kleinigkeit wie sie zu informieren wo sie ist, vergessen hat? Nein ich brauche nur unveränderliche Merkmale, wie z.B. Ihre Größe ..."
„Ich hätte da noch, die Größe ihrer Rüstung." schlug er vor.
„Auch da muss ich ablehnen." sagte sie bedauernd, nicht näher auf die Beschreibung *Rüstung* für Bekleidung einzugehen. „In 13 Monaten kann man eine ganze Menge zu bzw. abnehmen. Glauben sie mir, ich weiß wovon ich rede. Nein. Ich brauche eher so etwas wie, Narben, dauerhafte Körperbemalung. Ein Muttermal in einer bestimmten Form. Irgendetwas ganz spezielles. Eventuell noch irgendwelche bestimmten Begabungen, oder *amputierte Körperteile.* Wobei sie das eine oder andere Körperteil auch erst bei Ihrem kleinen Unfall verloren haben kann. Ihre hübschen langen Beine vielleicht." warnte sie Ihn

1 Bemerkungen des Zeitzeugen

vor, erweckte aber den Eindruck als machen ihr solchen Überlegungen Spaß.
„Sie lernt sehr schnell fremde Sprachen." erklärte Belial Morgenstern einfach weiter, ohne auf die *leicht* sarkastischen Bemerkungen dieser Person einzugehen. „Manchmal braucht sie eine Sprache nur einmal zu hören und schon kann sie sich in dieser fremden Sprache unterhalten."
„In Ordnung. Linguistisch begabt. Die Größe?"
„Die Größe kann man nicht verändern?" fragte Belial Morgenstern erstaunt.
„Es kommt darauf an wann man sie misst. Ob vor, oder nach dem Unfall. Morgens ist sie bis zu 4 cm größer als abends. So jetzt bräuchte ich noch ihr Alter." fügte sie hinzu als hätte sie sein Todesurteil schon unterzeichnet und alles Weitere sei nur noch Formsache, denn Oona´s ungefähre Größe lag irgendwo

*1 Bemerkungen des Zeitzeugen

zwischen 105 cm und 189 cm.
„Mein alter? Wieso interessieren sie sich jetzt auch noch für mein..." fragte Belial erstaunt, verwirrt, und völlig fassungslos.
„Nein. Das Ihrer Frau." erklärte Gabriel Herrn Morgenstern recht fürsorglich.
„Als ich sie kennen lernte war sie gerade 17 Jahre jung. Aber stolz und furchtlos wie ein Dutzend mächtige Krieger, aus der obersten Kaste."
„Schön für sie."
*(Wenn er nicht aufpasste, würde sie Ihm sicher gleich den Kopf abreißen. *1)*
Gabriel biss die Backenzähne fest zusammen und lächelte Ihn an. „Das erklärt mir aber noch nicht wie alt sie jetzt ist. Heute. Zu diesem Zeitpunkt. Ich weiß auch nicht wie lange es her ist, das sie Ihre Frau kennen lernten."
Langsam schien sie tatsächlich die Geduld mit Ihm zu verlieren. Das wurde sogar Belial nun

*1 Bemerkungen des Zeitzeugen

bewusst.
*(Und nun waren es Ihre Augen, die gefährlich glühten. Ob er es wohl sah? *1)*
Bevor Belial, der Schattengeborene, antworten konnte ging die Tür auf, und ihr Chef, sein Freund Hein, rief sie für einen Augenblick zu sich auf den Flur.
„Entschuldigen sie mich bitte einen Augenblick." bat sie Ihn katzenfreundlich lächelnd, stand auf und ging ohne sein Einverständnis abzuwarten so schnell hinaus, als wäre dies die einzige Möglichkeit Ihm nicht an die Kehle zu springen.
Sein Freund, hinter dessen Rücken sie hinausgegangen war, hob leicht entschuldigend die Arme und verschwand ohne ein weiteres Wort an Belial ebenfalls aus dem Büro.

„Ich glaube ich weiß weshalb seine Frau Ihn verlassen hat." erklärte Gabriel triumphierend.

*1 Bemerkungen des Zeitzeugen

„Wirklich warum denn?" fragte Heinrich Müller, genannt 'Henry Miller' überrascht, auf diese Erklärung war er mehr als gespannt.
(Heinrich? etwa doch nicht Hein, wie Belial Ihn nannte? Das wäre auch ein sonderbarer Name für einen Mann, der ein Detektivbüro leitete. Freund Hein - der Tod. Wirklich sonderbar. Findest du nicht auch? *1)
„Bei diesem Herrn dreht sich alles nur um Ihn. Dafür dass er seine Frau vermisst, denkt er erstaunlich oft dass ich etwas über Ihn wissen will.
Das tut niemand der jemanden so sehr vermisst, wie er vorgibt." erklärte sie Michaja und Henry ihre Gedankengänge. Und alle 3 zogen sich in die kleine Beraternische zurück. Gabriel erwartet offensichtlich Einwände oder Kommentare.
„Du denkst nicht dass er sie sucht?" fragte Michaja erstaunt.

*1 Bemerkungen des Zeitzeugen

„Doch das schon. Aber ich bezweifle sehr stark, dass er sie sucht, weil er sie liebt. Zumindest nicht mehr. Aber, ganz sicher bin ich mir da nicht. Womöglich weil er es selbst noch nicht so ganz genau weiß. Wenn er sie wieder findet, schließt er sie vielleicht in die Arme, oder er dreht ihr den Hals um. Wir werden sehen, was von beidem zutrifft." wollte sie selbst interessiert wissen. „Ich denke aber, ... sie ist womöglich ... mit dem Familienschmuck abgehauen?" fragte sie mehr sich als die beiden. „Oder er will sie einfach nur abmurksen?" überlegte Gabriel weiter.

„Abmurksen?" fragte Henry verständnislos. Fast hätte er wegen dieses Ausdrucks gelacht.

„Ja. Abmurksen. Umpusten. Wegputzen. Allemachen. Kaltmachen. Lynchen. Einen Kopf kürzer machen. Töten. *Abmurksen* eben." erklärte sie Henry gelassen.

„Und, wenn es so wäre, hättest du Probleme damit?" wollte er wissen.

„Nein. Solange er seine Rechnung bezahlt, und du mir davon mein ziemlich mickriges Gehalt, welche Probleme sollte ich damit haben? Außerdem, solange er mir nichts tun will, kann er jeden *abmurksen* den er will." fügte sie noch hinzu, und fasste dabei Henry ganz genau ins Auge.

Allerdings wusste er, dass diese Aussage, nicht stimmte. Es würde ihr etwas ausmachen und sie würde Ihn ganz sicher daran hindern, überhaupt jemandem etwas anzutun. Aber Henry war von ihr noch ganz andere Kommentare gewohnt, bei diesem schluckte er nur etwas verlegen, da sie sich offensichtlich freuen würde, wenn Beli seinen Freund *abmurksen* würde.

„Schau dir den Knaben doch einmal an." wandte sich Gabriel

*1 Bemerkungen des Zeitzeugen

nun an die Empfangsdame. „Die Frau, die diesen Prachtbuben übers Ohr haut, muss sie doch nicht mehr alle haben. Knackig der Kleine findest du nicht auch?" fragte sie Michaja im typischen Verschwörerton.
„Wenn ich nicht eine so treue Ehefrau wäre, könnte er mir mehr als gefährlich werden." bestätigte diese total begeistert.
„Aus welchem Grund würdest du, *so einen Knaben,* verlassen?" wollte Gabriel amüsiert wissen.
„Willst du eine ehrliche Antwort?" stellte Michaja eine rhetorische Frage.
„Sonst hätte sie nicht gefragt." meinte Henry leicht zornig, da sie so respektlos über seinen Freund redeten.
„Im Moment fällt mir kein Grund ein, außer er würde mich schlagen."
(Wie? Du glaubst mir nicht? Dann komm` doch vorbei und schau dir diesen Mann, Belial Morgenstern, einmal an. Komm

*1 Bemerkungen des Zeitzeugen

her und überzeuge dich von meinen Worten. Nun ich warte ... Wie du kommst nicht? Heißt das soviel wie: dass du mir für den Augenblick glaubst, bis du herkommen kannst um dich selbst von meinen Worten zu überzeugen? Gut. Dann darf ich jetzt weiter erzählen? Danke. Also, wo war ich? Ach ja genau. *1)

„Aus welchem Grund würdest du so einen Knaben verlassen?"

„Willst du eine ehrliche Antwort?"

„Sonst hätte ich nicht gefragt."

„Im Moment fällt mir kein Grund ein, außer er würde mich schlagen."

„Genau mein Gedankengang. Und müsstest du Geschäfte mit Ihm machen, aus welchem Grund würdest du Ihn hintergehen?"

„Ihn? da fällt mir absolut kein Grund ein. Ich meine so wie der aussieht? Dem würde ich sogar mein ungeborenes Kind

*1 Bemerkungen des Zeitzeugen

verkaufen."
„Genau." bemerkte Gabriel. „Das war es was mich gestört hat. Keine Frau würde Ihn freiwillig verlassen? mit dem Kerl stimmt etwas nicht." überlegte Gabriel laut, auch wenn es Henrys Freund war, so musste sie doch alle Eventualitäten berücksichtigen.
„Oder aber: Keine Frau würde Ihn wirklich jemals freiwillig verlassen. Die Frau hat eine auf den Schädel bekommen und kann sich nicht mehr an Ihn erinnern." bemerkte Henry bissig.
Gabriel hatte schon fast darauf gewartet das Henry seinen Freund verteidigt, wobei das bei Ihm eher so klang als wolle er Ihn beschützen.
„In Ordnung. Na` gut. Diese Möglichkeit besteht auch noch." gab sie schmunzelnd zu da es ihr wieder gelungen war Henry zu ärgern. „Aber, du musst auch zugeben, er trägt keinen Ring.

*1 Bemerkungen des Zeitzeugen

Weder am Finger, noch an einer Kette um den Hals." überlegte Gabriel weiter.

*(Wann war Ihr denn das aufgefallen? Hatte sie Ihn, als er in ihrem Büro war, doch ganz genau beobachtet? Wie konnte sie es sonst wissen? *1)*

„Was wolltest du eigentlich von mir Henry?" fiel es ihr plötzlich wieder ein.

„Ich wollte dir nur sagen, dass du dich etwas zurücknehmen solltest." erklärte Henry, besorgt um seinen Freund.

„Was?" fuhr sie laut auf.

*(Wenn Henry nicht aufpasst, springt sie womöglich Ihm an die Kehle. Haha. Die Frau gefällt mir. *1)*

„Ich bin der Meinung, dass du es mit deiner Fragerei etwas übertreibst." versuchte Henry zu erklären.

„Weil ich wissen will, wie seine Frau aussieht, wie groß, und wie alt sie ist? Dabei übertreibe ich? Ich will dir nicht zu nahe treten

*1 Bemerkungen des Zeitzeugen

Henry. Aber - *hast du sie noch alle?*"

Die Tür von ihrem Büro ging auf und Herr Morgenstern fragte ob es Probleme gab.

„Nein. Keine Probleme." erklärte Michaja freundlich. „Gabriel ist sofort wieder bei Ihnen. Einen Augenblick Geduld noch, wenn ich sie bitten darf. Es tut mir leid, dass sie gestört wurden."

Diese Auseinandersetzung hatte, offiziell, nichts mit Ihm zu tun. Auch wenn sie nur wegen Ihm stattfand.

„Was geht hier gerade vor sich?" fragte Michaja skeptisch, aber neugierig interessiert.

„Wir sind nur geteilter Meinung, über die Gründlichkeit, meiner Befragung. Und wenn ich Henrys Reaktion richtig deute, bin ich wieder einmal einen Klienten los."

„Was? Natürlich nicht. Ich bin nur der Meinung du könntest deine Befragung höflicher

*1 Bemerkungen des Zeitzeugen

betreiben."

(Verstehst du weshalb sich Henry so aufführt? Nein? Siehst du, ich auch nicht. Aber sicher wird sich, wenn wir Geduld üben, alles zeigen. *1)

„Ich habe Ihn lediglich nach dem alter seiner Frau gefragt. Aber, wenn es nach dir, Ihm, und eurer antiquierten Weltanschauung geht, sollte ich mich wohl auf seinen Schoß setzen, damit dein Freund sich kein anderes Ermittlungsbüro sucht, und einen **richtigen Mann**, die Arbeit erledigen lassen. Oder sogar zuhause, schwanger am Herd stehen, damit die menschliche Rasse nicht ausstirbt. Habe ich recht?" fragte Gabriel bissig, drehte sich um, ließ Henry und Michaja einfach stehen und ging in ihr Büro zurück.

„So, da bin ich wieder. Wo waren wir stehen geblieben? ja genau bei dem Alter ihrer Frau. Wie alt war sie doch gleich?"

*1 Bemerkungen des Zeitzeugen

„Ich hatte Ihnen noch kein Alter genannt." wehrte Belial gleich ab. Hatte er sie gerade bei einer Nachlässigkeit ertappt?

„Genau." stellte sie triumphierend fest. „Und bei der Größe waren wir uns auch noch nicht so ganz einig. Also bitte. Zuerst die genaue Größe, wenn ich bitten darf."

„Ich denke sie ist so groß wie ich. Eventuell einige cm kleiner aber nicht wesentlich viel. Ich muss gestehen ich habe Ihre Größe nie gemessen. Ihr Schneider müsste ihre Größe genau kennen."

„Ihr Schneider?" erstaunt sah Gabriel auf. Sie kannte niemanden der einen eigenen Schneider beschäftigte.

„Ja. Die Kleidung wurde immer extra für sie angefertigt."

„Wow. In Ordnung. Ich bin bccindruckt. Wie alt?"

„Wer? Der Schneider?" fragte Herr Morgenstern skeptisch. Er wollte hier eine Frau suchen

*1 Bemerkungen des Zeitzeugen

lassen und keinen Schneider vermitteln. Aber als dann geschah, was geschah, wusste er dass er schon wieder etwas falsch gemacht hatte.
Gabriel lachte.
Und dieses Lachen bedeutete offensichtlich nichts Gutes für Ihn.
„Nun ja, das mit ihrem Alter ist etwas schwierig. Wie gesagt als ich sie … kennen lernte war sie … 17 und … mittlerweile sind einige Jahre … vergangen … sie müsste jetzt … etwa … 30 Jahre alt sein. Denke ich." fügte er kleinlaut hinzu. Er konnte schließlich nicht zugeben, dass Oona wirklich schon fast 7000 Jahre alt ist.
(7000 Jahre alt? dann ist die Frau die er sucht, von der plötzlich jeder annimmt es sei seine Frau, ganz sicher kein Mensch. Oder was denkst du? Wird ein Mensch 7000 Jahre alt? Und stelle dir einmal vor sie ist wirklich 7000 Jahre alt und

*sie sieht aus wie 30 Jahre, wie alt kann sie dann noch werden? Außerdem, glaubst du wirklich dass die Menschen sich in den nächsten ..., sagen wir 2 Monaten so sehr ändern, dass wir alle es noch einmal richtig gut auf Erden haben werden? Na` siehst du. Immer schön realistisch bleiben. Bis alle Menschen sich vertragen, wird es wohl noch so eine Kleinigkeit dauern wie etwa 5000 Jahre. *1)*

„In Ordnung. Sie ist also etwa 30 Jahre alt. Das schränkt die mögliche Zahl doch schon etwas ein." stellte Gabriel fest und nickt langsam.

Dann widmete sie sich wieder kurz dem Computer und gab die spärlichen Daten ein.

„So, dann fliegen jetzt alle raus, die kleiner sind als 1,70 und größer sind als 1,90. Dann fliegen alle raus die älter als 35 sind und diejenigen die jünger als 25 sind. So. Nein die bleiben drin."

*1 Bemerkungen des Zeitzeugen

„Wer bleibt wo drin?" fragte Belial Morgenstern irritiert, wegen Gabriels Selbstgesprächen.

„Diejenigen die nicht wissen wie alt sie sind bleiben in der Liste. Alle weißhäutigen fliegen ebenfalls raus. Ja, ihr fliegt ebenfalls raus …"

„Wer fliegt noch raus?" fragte er besorgt. Offensichtlich hatte er Angst, dass sie aus Versehen eine zu viel, aus der Liste löschte.

„Die mittlerweile Verstorbenen." teilte sie Ihm fast ein wenig heiter mit.

„Ja, die können ruhig raus. Denn sie lebt noch. Das weiß ich ganz genau. Das würde sie nicht wagen. Nicht ohne mir vorher Bescheid zu sagen."

Für einen Augenblick tat er Gabriel sogar wieder ein bisschen leid. Aber nur ganz kurz.

Sie konnte sich kein Mitleid für ihre Klientel leisten. Das würde sie bei ihren Ermittlungen behindern.

„So, jetzt erstelle ich einige Abzweigungen. Dazu benötige ich die Augenfarbe die Haarfarbe und die Form ihrer Figur, nur für den Fall das Sie ihr Äußeres nicht verändert hat."

„Also, für den Fall das sie doch nicht weg gelaufen ist um nicht gefunden zu werden."

Gabriel sah nicht einmal auf, als er ihr mit diesem Satz sagte, dass er das Gespräch im Vorraum in seiner Gänze mitbekommen hatte.

„So die Listen sind fertig. Insgesamt sind noch 218 übrig. Davon passt auf 17 die Beschreibung die sie mir von ihrer Frau gegeben haben. Sehen sie jetzt wie wichtig es ist eine möglichst genaue Beschreibung von einer vermissten Person zu haben." versuchte sie Ihm zu erklären.

Anschließend überspielte sie die Daten an ein kleines Gerät, das

*1 Bemerkungen des Zeitzeugen

sie an ihrem rechten Handgelenk befestigt hatte. Und ein kleiner Empfänger des großen Computers war, der in ihren Schreibtisch eingearbeitet war.

„Es ist nur so." begann der Schattengeborene. „Wenn ich die Augen schließe, sehe ich sie ganz genau vor mir. Und ich kann nicht verstehen weshalb sie diese Frau nicht auch sehen können.

Ihre großen dunklen, beinahe schwarzen, traurigen Augen. Das lange lockige schwarze Haar. Ihre zarte, helle, makellose, mokkafarbene, Haut. Den geraden Rücken ihrer Nase. Die scharfen Konturen ihrer Lippen. Die Mandelform ihrer Augen. Ihr markantes, wundervolles Gesicht, einer Inka-Göttin gleich.

Dieses Glitzern in den Augen, wenn sie mich anschaut. Ihren kräftigen, muskulösen Körper. Der Duft ihrer Haut. Der mich immer an die Blüten eines

*1 Bemerkungen des Zeitzeugen

Fliederbaumes erinnert. Das blitzen ihrer weißen Zähne, wenn sie mich anlächelt. Die Art in der sie mich beobachtet, wenn sie denkt, ich merke es nicht.
Die Art wie sie lächelt, wenn sie mich beobachtet, die Geschmeidigkeit ihres Körpers, wenn sie sich an mich schmiegt, wenn wir …"
„ … ich denke ich habe genug gehört." unterbrach sie Ihn schnell und etwas laut. Sie wollte sicher nicht hören wie und bei welchen Gelegenheiten seine Frau sich an Ihn geschmiegt hatte. „Sie suchen also eine absolute Schönheit, die nach meiner Seife riecht. Nun gut. Dann werde ich sie in der Reihenfolge ihrer Beschreibungen sortieren.
Nur - Schönheit ist relativ.
Das, was Ihnen schier die Sprache verschlägt, könnte bei mir nicht einmal ein Schulterzucken auslösen." versuchte sie Ihm weiter zu

*1 Bemerkungen des Zeitzeugen

erklären. „Soweit wäre das dann erst einmal alles. Nur noch Eins. Wann genau haben Sie ihre *Inka-Göttin* zuletzt gesehen? Nach Möglichkeit wenigstens das genaue Datum. Und nicht eine Umschreibung, wie zum Beispiel, kurz nach dem Brand Roms, aber noch vor Cäsars Ermordung in den Iden des März, wenn ich bitten darf." forderte sie von Ihm.

*(Wenn er jetzt wieder eine falsche oder ungenaue Angabe machte, war sein Ende näher, als deine Nase an dieser Geschichte, das kannst du mir glauben. Und ich sage im Allgemeinen nur noch wenig voraus. *1)*

„Auf den Tag genau vor 11 Monaten 21 Tagen … 13 Stunden und 47 Minuten Plusminus ein paar Sekunden" fügte er nach einem Blick auf seine Taschenuhr hinzu.

(Wow. Das war ja sehr genau. Wusste er wie gefährlich es für

*1 Bemerkungen des Zeitzeugen

*Ihn geworden war? *1)*
„Das ist ja sehr genau. In Ordnung dann fliegen noch einmal 107 aus der Liste. Das wären dann Summa Summarum 104 die ich überprüfen muss."
Sofort schickte sie die neuen Daten an das Modul an ihrem Handgelenk.
„Und was sagten sie gestern zu Henry, wie lange haben wir Zeit?"
„49 Tage, aber das war gestern."
„Was ist eigentlich, wenn sie geheiratet hat?" wollte Gabriel nun doch noch wissen, nachdem sie alles zusammen gepackt hatte.
„Was?" fragte er ungläubig.
„Immer haben sie solche Schauergeschichten auf Lager. Macht Ihnen das Spaß?" fuhr Belial sie an, er wusste nicht ob er wütend sein, oder lachen sollte.
„Immerhin, ihr Leben geht weiter, auch ohne sie. Und, wenn sie sich nicht an sie erinnern

*1 Bemerkungen des Zeitzeugen

kann, weshalb sollte sie sich dann, daran erinnern, verheiratet zu sein. Und außerdem muss sie nicht einmal in meiner Liste sein.

Es kann auch sein, dass ein Krankenwagen von außerhalb sie aufgelesen hat, dann ist sie definitiv nicht auf meiner Liste. Denn ich habe nur die hiesigen Krankenhäuser berücksichtigt. Außerdem besteht noch die Möglichkeit, dass Sie ihr Gedächtnis nicht verloren hat, und gar nicht gefunden werden will." erklärte sie Ihm ungerührt, und ohne auf seine Frage zu achten. Allerdings, wenn man genauer hinsah, konnte man ein leichtes Schmunzeln erkennen, dass Ihre Lippen umspielte.

Nur Belial der Sie, da das Zimmer im Halbdunkel lag, außer ihrer Silhouette, nicht sehen konnte, wurde auf seinem Sessel leicht nervös.

„Auch wenn Sie es nicht hören wollen, ..." fügte sie streng

*1 Bemerkungen des Zeitzeugen

hinzu. „..., erschwerend kommt noch hinzu, dass sich mehr als die Hälfte nicht mehr hier in dieser Stadt aufhält, und davon ein Drittel sich nicht einmal mehr in diesem Land befindet."
„Dann bleibt mir nur zu hoffen, dass sie bei denjenigen ist die weder verheiratet sind, noch die Stadt verlassen haben." bemerkte er trocken.
„Noch bei denen die in der Zwischenzeit gestorben sind." erinnerte Gabriel Ihn, an diese weitere Möglichkeit.
„Das macht Ihnen wirklich Spaß nicht war?" bemerkte er mit leicht zusammen gekniffenen Augen. „Sie haben mich noch nicht nach ihrem Namen gefragt." bemerkte er plötzlich, ihre Kompetenz und Sorgfalt, bezweifelnd.
„Ich ging davon aus, dass sie Ihn nicht weiß und unter Umständen einen neuen Namen vom Krankenhaus erhalten hat. Wie z. B. Jane Doe, oder *Quetzalcoatl*,

nein, das wäre ja die gefiederte Schlange der Azteken. Was einen Laien ziemlich schnell auf Ihre Inka Prinzessin kommen ließe. Was aber sonderbarer Weise im Endeffekt Ihrem Namen wiederum sehr nahe käme. Sie wäre dann eine Naturgottheit. Bei den Tolteken wäre sie ein Gott des Morgensterns. Bei den Azteken der Gott des Windes, des Himmels und der Erde. Das käme sogar dem Alter von etwa 7000 Jahren, Plusminus ein paar Jahrhunderten, das Mira notiert hatte, sehr nahe. Nicht wahr?" geriet sie über diese Zufälle ins *schwärmen,* und bevor Belial fragen konnte wie Sie zu solch detailliertem Wissen über eine längst vergangene und vergessene Kultur kam, und an dessen Untergang er eine gewisse Mitschuld trug, fügte sie schnell hinzu. „Aber genug der Scherze. Mira hat den Namen gestern notiert. Oona Ma´roona

nicht wahr?" verpasste sie Ihm einen Dämpfer, nachdem sie Ihn wieder etwas aufgezogen hatte.
„Ja." gab er mürrisch zu. Mehr, beschloss er, wollte er nicht mehr zu ihr sagen.
(Was hätte er auch noch sagen sollen? *1)
„Dieser Name steht nicht in meiner Liste. Keine Sorge, danach habe ich zuerst gesucht." versuchte sie Ihn dann ein wenig zu trösten, da sie hoffte sich so ihr Schmunzeln besser verkneifen zu können.

Die Befragung, und die Überprüfung der Daten, hatten doch so lange gedauert, dass es draußen schon begann dunkel zu werden.
(Du erinnerst dich? Die Tage sind jetzt kürzer. *1)
Deshalb stand Gabriel auf und zog den Rollladen hoch. So musste sie noch kein Licht anmachen dass ohnehin nur ihren Augen weh tat.

*1 Bemerkungen des Zeitzeugen

Da sie nun mit dem Rücken zu Ihm stand, konnte sie nicht sehen, dass er erschreckt hochfuhr, als er sie endlich sehen konnte.
'Sie hatte ihr Haar abgeschnitten.'
Sehr kurz. Die Farbe Schwarz hatte sie beibehalten. Und sie trug die Kleidung der Trauer.
Diese Kleidung bestand aus einer weißen Hose, bei der jedes Bein aussah als sei es ein langer Faltenrock. Und die Hose an sich, sah wiederum im Ganzen betrachtet aus, wie ein langer Faltenrock. Darüber trug sie eine, ebenfalls weiße, Bluse, die so eng anlag wie ein Pullover. Darüber trug sie dann den weißen schweren Mantel ohne Ärmel und Kragen. An den Rändern war er kunstvoll mit goldenen Ornamenten verziert. Er hatte die gleiche Länge wie die Hose. War mit kleinen weißen Knöpfen bis zur Mitte der Taille zu geknöpft und an

den beiden Seiten bis zur gleichen Höhe geschlitzt.

Hätte sich noch jemand für die Vergangenheit dieses Planeten interessiert, hätte man unschwer eine Ähnlichkeit mit einem Samurai, oder Kendokämpfer erkennen können. Aber daran erinnerte sich schon seit Urzeiten niemand mehr.

Zumindest niemand der Menschen.

'Gabriel hat zwar sehr kurzes Haar. Aber nein. Das konnte nicht sein. Oder doch? Nein das konnte nicht sein. Wäre sie es, dann hätte sie mich erkannt und schon zu töten versucht. Außer? Ja. Außer sie weiß wirklich nicht wer sie ist.' überlegte Belial blitzschnell. Welche Zufälle müssten da am Werke sein.

(Er saß jetzt schon Stunden mit Ihr in einem Raum und hatte sie nicht erkannt? hatte nicht bemerkt, dass sie es war die er suchte? dass sie es war, die Ihn töten wollte. Und, dass sie es

*1 Bemerkungen des Zeitzeugen

war, die er töten wollte. Weshalb tat er es dann nicht jetzt? Jetzt wo er sie erkannt hatte? Sie ist sehr schön. Schön wie ein Engel. Meinst du er liebt sie? ja, weshalb eigentlich nicht. Es gab schon immer sehr viele die sich bekriegten und sich dennoch liebten. Weshalb dann nicht auch der Schattengeborene und diese Detektivin mit dem Namen eines Mannes. Und hatte sie nicht gleich zu Beginn gesagt dass sie vor einiger Zeit einen Unfall hatte? Aber sicher war sie nicht diejenige die er suchte. Sicher hatte der Schattengeborene Belial Morgenstern sich geirrt. Nur weil er kurz die Silhouette dieser Frau, mit der Silhouette jener Frau verwechselt hatte, die er suchte. Er schalt sich selbst einen dummen Esel. Er hatte schon zu lange über sie geredet. Vor seinem geistigen Auge sah er nur noch sie. Sah nur noch die Frau die er suchte. *1)

*1 Bemerkungen des Zeitzeugen

Bevor sie sich umdrehte, um wieder zu ihrem Sessel zu gehen, setzte er sich wieder so hin, als hätte er seine Position nicht verändert. Nun wusste er auch, weshalb sein Freund Hein, sich so merkwürdig aufgeführt hatte.
„Wie …" begann er und räusperte sich kurz, „Wie ist eigentlich ihr Name, wenn sie nicht auf der Arbeit sind?"
„Das mein verehrter Klient, geht aus Datenschutz Gründen nur mich etwas an. Sollte Ihnen hinsichtlich Ihrer Frau noch etwas einfallen, sagen sie mir bitte Bescheid."
„Meiner Frau?"
„Ja. Ihrer Frau. Sie erinnern sich? Sie sind ihretwegen hierher gekommen."
„Ja, ich weiß. Ich war nur einen Augenblick ihres Haares wegen irritiert. Sie hat das gleiche Haar, nur länger. Viel länger. Sehr viel länger." fügte er hinzu als er bemerkte wie kurz Gabriels Haar wirklich war.

Ihre großen dunklen Mandelaugen, die fast schwarz aussahen, schienen eine unendliche Traurigkeit auszustrahlen.
Beinahe so, als würde sie die ganze Zeit weinen, ohne eine Träne zu vergießen. Denn ihre Augen waren klar und weiß. Und doch unendlich traurig. Diese Art der Trauer ist schmerzhafter, leidvoller, untröstlicher als die, die man durch Tränen mildern kann. Aber auch die Weisheit des Alters lag in diesen Augen. Eines sehr hohen Alters.
„Sie sind so bleich. Ist Ihnen nicht wohl?" fragte Gabriel besorgt.
„Ihre Silhouette hat mich eben so sehr an sie erinnert, dass ich beinahe aufspringen wollte um Sie ..." begann Belial ihr zu erklären, als plötzlich wieder die Tür aufging und Henry herein kam.
„So meine Lieben. Ich habe Hunger. Ich gehe jetzt etwas

*1 Bemerkungen des Zeitzeugen

essen. Wen darf ich einladen?"
„Bei dem Hungerlohn, den du hier zahlst, könntest du das ruhig öfter tun. Natürlich sage ich da nicht nein. Was ist mit Ihnen?" fragte sie ihren Klienten. „So ein Angebot von Ihm ist selten. Ich rate Ihnen, nutzen sie es aus. Aber seien sie sicher, dass er es Ihnen morgen auf die Rechnung setzt."
„Du weißt schon, dass das rufschädigend ist?" bemerkte Henry beleidigt.
Belial war von der Art, in der sie mit Hein sprach, schockiert. Aber bevor er etwas sagen konnte, setzte sie noch einen drauf.
„An deinem Ruf kann man nichts mehr schädigen." meinte sie abwertend.
Jetzt bemerkte Belial Henrys Blick und Ihm wurde bewusst, dass beide sich nur einen Scherz erlaubten.
„Darf ich sie etwas fragen?" fragte Belial Morgenstern als er

Gabriel in den Mantel half.

„Natürlich dürfen Sie." sagte sie leichthin.

„Nur beantwortest du Ihm auch seine Frage?" fragte Henry schmunzelnd.

„Spielverderber." zischte sie Henry zu und streckte Ihm protestierend die Zunge heraus.

„Ist ihr Haar schon immer so..., so...?"

„... schwarz? kurz? schlecht frisiert? " fragte sie, ahnend was er fragen wollte.

„Ja. Kurz." bestätigte er eine ihrer Vermutungen.

„Nein." beantwortete sie seine Frage, aber auch nicht mehr.

„In Ordnung. Haben wir jetzt alles geklärt?" fragte Henry. „Ich habe Hunger." fügte er verzweifelt hinzu, und so wie er klang, war er schon dem Tode näher, als dem Leben.

„Komm Schatz." sagte Gabriel erhaben, und hielt Henry ihren rechten Arm hin, so dass er sich bei ihr einhaken konnte, und

*1 Bemerkungen des Zeitzeugen

schon marschierten sie los.
Belial ließ sie nicht aus den Augen. Er beobachtete jede einzelne ihrer Bewegungen. Noch könnte sie einfach vorpreschen und Ihn zu töten versuchen.
Aber nichts, nicht das Geringste in ihrer Art ließ darauf schließen dass sie Ihn erkannte, oder dass sie auch nur ein kleines Stück ihrer Erinnerung zurück erhalten hatte, und wusste wer, oder was sie war.
Er beschloss für sich, so lange wie möglich in ihrer Nähe zu bleiben, um soviel wie möglich über sie und ihr neues Leben in Erfahrung zu bringen. Und wenn es sich irgendwie anstellen ließ, würde er sich die ganze Zeit die er hier war, in ihrer unmittelbaren Nähe aufhalten. Sehr nahe. Allerdings ohne sie zu berühren. Das wäre zu gefährlich für Ihn. Aber ihre Nähe konnte er genießen. Immerhin hatte er sie sehr

*1 Bemerkungen des Zeitzeugen

vermisst. Ihr Lachen, ihren Duft, ihren Humor.

Nur, wenn sie wieder anfing nach Flieder zu riechen, musste er sich, so schnell als möglich, aus dem Staub machen. Denn wenn sie wieder anfing danach zu riechen, war sie im Auftrag ihres *Bosses* unterwegs. Und dann käme für Ihn, und jeden anderen dem sie sich dann näherte, jede Hilfe zu spät, und er müsste, und wollte dann sogar, wieder nach Hause.

Niemand könnte sich dagegen wehren. Dann war es nur noch eine Frage der Zeit bis sie Ihn vollständig umschloss und ihren Auftrag beendete.

***

„Was können sie mir hier besonders empfehlen?" fragte Belial Gabriel, als sie zusammen im Restaurant am Tisch saßen und die Karte studieren.

„Frage sie besser nicht. Ihr

Appetit ist seit dem Unfall mit nichts vergleichbar." flüsterte Henry Belial zu. „Ah, da kommst du ja. Ich befürchtete schon du seiest meiner Überdrüssig geworden und hättest dich heimlich abgesetzt. Was hat dich so lange aufgehalten?" fragte Henry Michaja, die jetzt erst das Restaurant betrat.
„Ich musste Gabriels Verlobten am Telefon abwimmeln. Er sagte du sollst seine Einladung für Morgen unter keinen Umständen vergessen, sonst wird er echt sauer."
„Oh, der lebt noch? ich dachte schon als ich heute nichts von Ihm hörte, er sein zum Glück einem Unfall erlegen."
„Nein ich bedaure sehr. Aber ich sagte Ihm, du würdest Morgen heiraten, vielleicht könntest du Ihn noch vor dem Eröffnungstanz kurz treffen." erklärte Michaja amüsiert, als sie Belials verdutztes Gesicht sah.

„Habe ich hier irgend etwas verpasst?" fragte Belial verwirrt.
„Das ist nur einer der Gründe, weshalb wir alle Männernamen haben." erklärte Gabriel Ihm.
„Und weshalb weiß ihr Verlobter dann, dass Gabriel doch eine Frau sind?" fragte er weiter.
„Weil es immer noch Zufälle gibt. Und durch einen dummen, bin ich diesem Herrn begegnet, gerade als ich mit Ihm über mein Modul sprach."
„Nimm es nicht auf die leichte Schulter. Durch solche Irre sind schon einige Unglücke geschehen. Was unser Dasein als Detektivbüro legitimiert."
„Ach was soll mir schon passieren. Ich habe einen guten Schutzengel. Oder erinnert ihr euch nicht mehr an letztes Jahr?" wehrte sie Henry Sorge als unnötig ab.
„Letztes Jahr?" fragte Belial, der diesem Teil des Gespräches mit noch mehr Faszination lauschte.
„Ja, vor fast einem Jahr hatte ich

einen kleineren Unfall." erklärte sie Ihm beiläufig während sie die Speisekarte las.

„Sie hatte jemanden verfolgt der ihre Tarnung aufgedeckt hatte. Eigener Schutz geht vor." betonte Henry extra. „Also musste sie Ihn finden und neutralisieren. Ich denke sie hat es auch geschafft, nur dann gab es leider einen kleinen Rückstoß, und sie wurde in hohem Bogen mindestens 20 Meter weit geschleudert. Der Aufprall war nicht sehr sanft.

Wenn ich mich recht erinnere war sein Name Lou Zephir.

Ich bin nur sehr froh dass ich mit ihr verabredet war, sonst hätten die im Krankenhaus sie ohne mein Wissen in eine Spezialklinik geflogen. Und da sie sich immer noch nicht daran erinnern kann wer sie ist, wäre sie womöglich dort geblieben, bis an den Rest ihrer Tage."

„Wie lange genau ist der Unfall her?" fragte Belial. Es klang beiläufig, aber jeder der Ihn beobachtete bemerkte, dass genau das Gegenteil zutraf.

Und als hätte der Kellner geahnt dass sie nicht antworten wollte, kam er und fragte nach den Bestellungen.

„Tag´chen. Ich nehme den großen gemischten Salat, den Shrimps Cocktail, danach die Schnecken, dann zwölf Dutzend Muscheln und dann als Hauptgericht 2 Fischfilet auf einem Teller ohne Beilage und zum Schluss die Eisbombe mit Sahne und Schokoladen-Karamell-Soße. Dazu trinke ich heute mal Rotwein."

„Danke, was darf ich den Herrschaften bringen?"

Henry und Michaja gaben nun ihre Bestellung auf, nur Herr Morgenstern schien mit der Menge von Gabriels Bestellung ein kleines Problem zu haben. Denn er beobachtete sie sehr merkwürdig.

Als der Kellner Ihn dann nach

*1 Bemerkungen des Zeitzeugen

seinen Wünschen fragte musste er erst noch einmal in die Karte schauen, bevor er sich dann für ein Steak ohne Beilagen entschied.
„Medium?"
„Sagen wir so: Wenn sie mit dem Messer in die Nähe kommen, muss es davor zurück schrecken."

„Ich suche morgen die neuen Adressen der Frauen heraus. Seien sie deshalb bitte pünktlich um 8 Uhr in meinem Büro.
Es ist einfacher, wenn wir zusammen die Frauen aufsuchen die in nächster Umgebung wohnen. Wenn ich mich recht erinnere, dürften es so um die 30 Frauen sein, wenn sie mir sagen, wo sie wohnen, kann ich sie nachher auf meinem nach Hause Weg dort absetzten."
„Ich weiß noch nicht wo ich wohne. Ich wollte eigentlich wieder im *'Himmlischen Inferno'* absteigen, aber das

*1 Bemerkungen des Zeitzeugen

Hotel brannte gestern Abend ab. Und bis jetzt wurde mir noch kein neues Hotel mitgeteilt." erklärte er amüsiert über solche Zufälle.

„Vielleicht kann Ihnen Henry helfen. Immerhin sind sie sein Freund."

„Ja, du kannst selbstverständlich bei mir schlafen, so lange du noch in der Gegend bist."

„Danke mein Freund."

Für Gabriel klang es nicht so als würde sich Herr Morgenstern öfter bei jemandem bedanken.

„Und sie können sich wirklich nicht an ihr Leben vor ihrem Unfall erinnern?" fragte Belial interessiert.

(Kann es sein, dass es amüsiert klang? *1)

„Ja, das ist korrekt." antwortete sie während sie die zweite Vorspeise aß.

Plötzlich viel ihr etwas Lustiges ein. „Ha." lachte sie hart auf. „Sie könnten mein Mann sein, und ich wüsste es nicht einmal."

*1 Bemerkungen des Zeitzeugen

Die Vorstellung, mit ihrem Ehemann an einem Tisch zu sitzen, und Ihn nicht zu erkennen, amüsierte sie so sehr, dass sie laut lachen musste. Dann merkte sie, dass außer ihr niemand lachte. Entsetzt fragte sie. „Ich bin doch nicht etwa ihre Frau?"
„Ich, an deiner Stelle, könnte mir schlimmeres vorstellen." bemerkte Henry trocken.
„Schauen sie nicht so entsetzt. Nein, ich bin nicht ihr Ehemann."
*(Er musste nicht einmal lügen. Denn diesen Irrtum hatte Mira am Tag zuvor in die Welt gesetzt. Ich denke, in diesem Augenblick ist er sehr dankbar wegen dieses Missgeschickes. *1)*
„Würden sie es mir sagen, wenn es so wäre?" fragte sie während sie sich über die dritte Vorspeise, die 12 Dutzend Muscheln, hermachte.
„Nein. Ich denke das würde ich nicht tun. Es könnte immerhin

*1 Bemerkungen des Zeitzeugen

gefährlich für sie sein. D.h. sollten sie meine Frau sein und ich würde Ihnen diese Nachricht unvorbereitet unterbreiten." prahlte er mit seinem Wissen.
„Sehr nett. Danke. Aber sind sie sicher dass sie es nicht doch wenigstens versuchen würden? Wo sie ihre Frau so lange nicht mehr gesehen haben?"
„Denken sie nicht auch dass ich dann schon heute Morgen, als ich ihr Büro betrat, etwas hätte sagen können?"
„Sie haben mich erst richtig gesehen als es schon dunkel wurde und ich den Rollladen hoch zog. Glauben sie mir. Ich kenne mein Büro ganz genau. Ich weiß wie die Schatten fallen, und wohin sie, wie, fallen."
Gerade als Belial darauf etwas erwidern wollte, stand ein Mann, Anfang bis Mitte 30 neben ihrem Tisch.
„Hallo mein Engel." sagte er erfreut zog sie vom Stuhl nahm sie in die Arme und küsste sie

*1 Bemerkungen des Zeitzeugen

zärtlich auf den Mund.
Aus Gründen die Sie nicht kannte schien Belial fast zu explodieren als er sah wie der Mann sie umschlang.
Für einen winzig kleinen Augenblick hatte sie den Eindruck, als glühten seine Augen, als wollte er Blitze aus Ihnen schleudern und den Mann, den sie gerade umarmte, damit töten.
Aber, so als beschützte sie Ihn, drehte sie sich mit dem jungen Mann in den Armen um, so das Belial seltsamerweise nur ihren Rücken sah, von dem jungen Mann aber nichts mehr. Obwohl dieser größer war als Gabriel.
Nun standen beide so da, dass Belial von einem Licht geblendet wurde, dessen Quelle er nicht erkennen konnte.
Er musste die Augen schließen so sehr schmerzte es Ihn. Lange hatte er es nicht mehr gesehen, und er bemerkte nicht wirklich dass ein Hauch von Flieder in

*1 *Bemerkungen des Zeitzeugen*

der Luft lag. Zu sehr war er bemüht dem Licht auszuweichen. Schließlich wandte er den Kopf zur Seite. Es tat Ihm körperlich weh die beiden anzuschauen.

„Wie..." begann er völlig aufgebracht.

„Wie..." riefen Henry und Michaja wie aus einem Mund und Belials offenkundigen Protest zu übertönen. „Wie kommst du denn hierher?" fragte Henry etwas laut. Um Gabriel von Belial, und Belial von Gabriel abzulenken.

„Was geht denn hier vor?" fragte der junge Mann interessiert, mit einem sanften Lächeln auf den Lippen. „Wer bezahlt? Etwa Henry?" wollte er ungläubig wissen.

„Hallo mein liebster Freund. Ich dachte nicht dass du heute schon zu mir kommst. Sagtest du nicht du würdest mindestens noch 4 Wochen fort bleiben?" fragte Gabriel traurig, nachdem die

Umarmung geendet hatte, und sie sich wieder setzte.
(Was wusste sie, dass es sie so traurig machte? *1)
„Ja. Das schon. Ich hatte nur so ein merkwürdiges Gefühl, so als würde ich dich niemals wieder sehen. Ich musste einfach kommen und dich sehen. Ich hatte so eine Sehnsucht nach dir. Als seiest du in Gefahr. Ich musste einfach kommen und dich retten. Leider fliege ich in einer Stunde schon wieder zurück. Ich habe dich nur so sehr vermisst. Aber ich sehe, es geht dir gut. Das freut mich."
Sie sah Ihm zärtlich in die Augen und berührte Ihn sanft an der Wange. Erst jetzt nahm er sich einen Stuhl, setzte sich neben sie an den Tisch und hielt nur ihre Hand während sich alle weiter unterhielten und aßen als seien sie nicht unterbrochen worden. Nur Belial sah den Neuankömmling immer wieder skeptisch an.

*1 Bemerkungen des Zeitzeugen

Wobei er allerdings darauf achtete, nicht beide zusammen anzuschauen, denn dann brannten Ihm die Augen wie Feuer. Auch saß er nun nicht mehr so nahe bei Gabriel, was den Geruch des Flieders, der Ihm doch noch aufgefallen war, aus seiner Umgebung hielt.

Nach einiger Zeit sagte der Neuankömmling. „Mein Engel, ich muss wieder fort."
„Warte ich begleite dich." flehte Gabriel Ihn fast an, noch zu warten.
„Nein, das ist nicht nötig. Es geht mir wieder gut. Außerdem, wenn ich kann, bin ich in 4 Wochen wieder da. Auf Wiedersehen." er küsste sie kurz auf die Stirn, schloss noch einmal sacht die Arme um sie und schon eilte er wieder aus dem Lokal.

Henry bezahlte die Rechnung. Als der Kellner fort war sagte

1 Bemerkungen des Zeitzeugen

Belial leise, beinahe so leise als spräche er mit sich selbst.

„Ein merkwürdiger junger Mann. Ich würde mich gerne einmal mit Ihm unterhalten." bemerkte Belial und sah Ihm verwirrt nach, obwohl er schonlange fort war. Etwas an Ihm war ihr vertraut erschienen. Er konnte aber nicht bestimmen was es gewesen war.

Dieser junge Mann hatte sein Interesse geweckt. Irgendetwas in seiner Art erinnerte Ihn an Gabriel. Henry zog überrascht eine Augenbraue hoch, hatte sich aber gleich wieder unter Kontrolle.

„Das lässt sich leider nicht mehr machen. Er kommt nicht zurück." erklärte Gabriel ruhig, dies klang wieder in ihrer ihr eigenen Traurigkeit, ohne Tränen.

'Wie? sie weiß das er stirbt?' fragte Belial sich erstaunt und sah Henry an. Aber der schien sich fast zu zwingen Belial nicht

*1 Bemerkungen des Zeitzeugen

anzuschauen.

„Wo bleibt mein Mantel?" fuhr Gabriel auf. Es dauerte ihr zu lange. Sie musste fort. Hatte etwas wichtige zu erledigen.

„Schon da. Entschuldigen sie bitte dass sie so lange warten müssten."

„Schon gut. Es tut mir leid." entschuldigte sie sich bei dem Garderobier wegen ihrer groben Art.

„Es tut mir leid. Ich muss nach Hause, meine Augen brennen wie Feuer. Henry, Mira wir sehen uns morgen früh. Herr Morgenstern, ich wünsche ihnen noch einen schönen Abend. Wir sehen uns Morgen um 8 Uhr." und schon drehte sie sich um und eilte davon.

„Hein was genau geht hier vor?" fragte Belial verwirrt und man merkte Ihm an das er es nicht mochte verwirrt zu sein.

„Sie weint. Er wird sterben und sie beweint Ihn. Sie denkt zwar

*1 Bemerkungen des Zeitzeugen

dass ihre Augen krank sind, aber das ist es nicht. Sie beweint die sterbenden Menschen."

„Dann weiß sie wer sie ist?" stellte Belial entsetzt fest und sah sich um. Sein Wohl war gefährdet, wenn sie es wusste.

„Nein. Das weiß sie nicht. Aber ES ist in ihr. Sie kann nicht anders. Das weißt du genauso gut wie ich."

(Was wissen die 2 was ich..., ja schon gut, ... was wir nicht wissen? *1)

„Und der junge Mann. Er küsste sie?"

(Wenn man genau hinhörte, klang es doch sehr eifersüchtig. Wie? Ihr konntet es nicht hören? Ach ja richtig ihr seit noch gar nicht hier. T`schuldigung. *1)

„Ja. Das tat er. Ist sie denn nicht zum Küssen schön? Willst du es denn nicht schon die ganze Zeit tun, seit du ihr Gesicht gesehen hast? Seit du sie wieder gefunden hast?"

„Nein." raunte Belial hart, fast

*1 Bemerkungen des Zeitzeugen

eisig.

„Nein. Natürlich nicht. Denn sie arbeitet für die falsche Seite, nicht wahr, mein Herr?"

(Hä? falsche Seite? richtige Seite? Mein Herr? wovon verdammt noch mal reden die denn dauernd? Wo bin ich denn da hinein geraten? Wen beobachte ich hier eigentlich gerade? *1)

„Das heißt, dass sie auch noch nicht weiß weshalb sie hierher geschickt wurde? dass sie eigentlich zu mir geschickt wurde?" wollte Belial triumphierend wissen.

„Nein. Das weiß sie auch noch nicht. Aber ich denke, so lange wird es nicht dauern, bis es ihr wieder einfällt." versuchte sein Freund Hein Ihn zu warnen.

„Seit wann bist du in ihrer Nähe? und was ist mit Michaja und Mira?"

„Ich bin seit ihrem Unfall bei ihr. Michaja und Mira gehören zu meinen besten Helferinnen.

*1 Bemerkungen des Zeitzeugen

Ich holte sie, um hier ein Zuhause für *Gabriel* zu erschaffen. Sie sind parteilos, wie ich."

„Und wo ist mein völlig untalentierter Sohn?" wollte Belial nun wissen. Ganz so als hake er eine Liste mit seinen Fragen ab, die er Hein stellen wollte.

„Welcher, du hast mehrere dieser Art, mein Herr. Wenn es auch nicht alles deine eigenen sind."

„Rufus."

(Namen sind das! Die kenne ich alle. Aber lange ist es her. Sehr lange. Namen haben die Alle. Das kann schon kein Zufall mehr sein. Oder was meinst du? Langsam wird mir angst und bange. Bin am Ende ich es der sich hüten muss? Wenn ich mich nur erinnern könnte. Wenn es nicht alles schon so lange her wäre. *1)

„Den schicke ich zurück nach Hause. Dort dürfte er sitzen und

*1 Bemerkungen des Zeitzeugen

seine Wunden lecken die sie Ihm verpasst hatte, als sie einen deiner Brüder jagte."

„Ach ja Luzifer. Wie nanntest du Ihn in ihrer Gegenwart? Lou Zephir? Ein geschicktes Wortspiel.

Diese perverse Ausgeburt der Hölle hatte ich beinahe völlig vergessen. Hier kann er nicht sein. Dazu ist es hier zu friedlich."

„Sie hat Ihn..." *(Es war Hein fast ein wenig peinlich das zugeben zu müssen.*1)* „... erwischt. Als ich sie fand roch sie so sehr DANACH. Sie hat Ihn besiegt. Und dann hat sie Ihn nach Oben geschickt."

„Nein, so gut kann sie wirklich nicht sein. Weißt du was dazu gehört ein Monster wie meinen Bruder zu besiegen?" fragte Belial, obwohl er diese Frage nicht wirklich beantwortet haben wollte.

„Ich kann nur sagen was ich gesehen habe, mein Herr. Der

---

*1 *Bemerkungen des Zeitzeugen*

Kampf war atemberaubend. Zerstörerisch. Ein endloser Kampf der Gezeiten. Diese Wucht, diese Kraft, dieser Hass, diese Liebe. Ohne Gnade, kein Pardon, keine Entschuldigung. Sie kämpften tagelang. Es war ein Tanz."

„Ein Tanz?" fuhr Belial wütend auf.

„Ja, ein Tanz. Wie Feuer und Rauch. Wie siedendes Öl und Wasser. Wie Wind und Musik. Wie Sturm und Regen. Wie Sonne und Eis. Zum Sterben schön.

Schließlich lag er da. Zu ihren Füßen. Der schwarze Engel.

Luzifer lag erschöpft am Boden, konnte keine Feder mehr rühren. Und sie stand da in ihrer ganzen, strahlenden Pracht.

Sie stand vor Ihm und sah auf Ihn herunter. Und plötzlich, … niemals hätte ich DAMIT gerechnet.

Ich dachte sie tötet Ihn. Ich dachte deshalb sei sie *Hierher*

1 Bemerkungen des Zeitzeugen

geschickt worden. Für seinen Verrat sollte sie Ihn richten. Ich dachte deshalb sei sie auch in meiner Nähe. Aber nein.
Sie beugte sich zu Ihm herunter, reichte Ihm ihre zarte, strahlende Hand. Die von innen heraus zu leuchten schien.
Das Schwert war fort. Sie berührte Ihn! Der Duft war überall. Und schließlich, half sie Ihm auf."
„Und er? Was tat mein Bruder?" fragte Belial erregt.
„Er? er stand vor ihr und konnte sie nur noch ansehen.
Er konnte seinen Blick nicht mehr von ihr nehmen, von dieser strahlenden Erscheinung. Er sah sie an und sie erwiderte seinen Blick. Und dann? Dann weinte er."
(Eine perverse Ausgeburt der Hölle weinte, weil er Oona Ma'roona ansah? Wer ist diese Oona wirklich? Ein Engel? Ein Teufel? Beides? Keines von Beiden? Beides zusammen? Und

Belial? was ist dann er? Ein Engel? Ein Teufel? Beides? Keines von Beiden? Beides zusammen? es könnte also interessant werden das Ende dieser Erzählung zu erfahren.
Wenn es nur nicht schon so lange her wäre. *1)
„ER weinte? mein Bruder weinte?" Belial schien es nicht glauben zu wollen. Obwohl Heins Worte Ihn sehr aufwühlte, sogar erregte. Obwohl er dieses Licht fast sehen, fast sogar wieder spüren konnte.

„Sie stand plötzlich ganz dicht bei Ihm, ich weiß nicht ob sie ging, oder schwebte. Oder ob sie nur plötzlich vor Ihm stand, wie schon seit ewigen Zeiten, und mir war es nur noch nicht aufgefallen. Dein Bruder legte seinen Kopf an ihre Schulter und weinte.

Und doch drang nicht ein Ton über seine Lippen, oder ich sollte ihn einfach nicht hören.

Sie schloss ihre Arme um Ihn

*1 Bemerkungen des Zeitzeugen

und wiegte Ihn wie ein Kind das man trösten musste.

Nach abermals endlosen Zeiten schloss sie ihre Flügel um Ihn. Ihre Erscheinung ist größer als ihr menschlicher Körper. Er wirkte fast wie ein Kind in den Armen seiner Mutter. Ich weiß nicht wie lange sie so standen.
Lange Zeit danach, unendliche Sekunden später, sah er ihr in die Augen und ihre Flügel bildeten sich langsam zurück.
Ihre Erscheinung wurde kleiner. Gerade in dem Augenblick, als sie wieder aussah wie ein Mensch, schickte sie Ihn *Hinauf.*"
(Fast erscheint es mir, als wollte sie nicht dass er ging. *1)
„Begierig darauf nach Oben zu gelangen, breitete er seine Flügel aus. Sie musste Ihm nicht einmal ihre Fesseln anlegen.
Dann roch wieder alles DANACH. Nach diesem Ort. Ich denke es war Flieder, frisches

Gras und ein kristallklarer Bach an einem sonnigen Tag im Frühling.

Ich werde diesen Geruch nie wieder los. Er haftet nun ewig an mir." erklärte Belials Freund Hein Ihm. Aber er wollte kein Mitleid. Es war einfach so.

(Aber selbst wenn er es auf Mitleid angelegt hätte, von Belial konnte er keines erwarten. *1)

„Als er Hinauf fuhr, mit ausgebreiteten Flügeln, berührte die Spitze einer Feder die Menschenfrau, die sie nun wieder war, und sie wurde mindestens 20 Meter durch die Luft geschleudert.

Und wirklich nur aus einem Reflex heraus bremste ich ihren Sturz. Ich war noch so berauscht von ihrer Erscheinung. So geblendet von diesem Licht. So benommen von diesem Duft. Ich konnte nicht anders." er wusste aber das Belial diesen Zwang kannte. Immerhin hatte er Ihn bis

*1 Bemerkungen des Zeitzeugen

vor wenigen Jahren immer wieder selbst gerne angewandt.
„Wäre sie noch ein Engel gewesen, wäre ihr nicht das Geringste geschehen."
„Er weinte?" fragte Belial noch einmal ungläubig alles andere war uninteressant für Ihn.
(Wenn man Ihn genauer kennen würde, käme man niemals auf den Gedanken dass er beinahe ängstlich geklungen hatte. Jemand wie ER hat keine Angst. Niemals. Unmöglich.
Und dennoch, sein Gesicht war so bleich das man denken könnte, wenn er ein Mensch wäre, er würde augenblicklich durch den Tod von seinen Leiden erlöst werden. Denn so bleich konnte kein sterbliches Wesen werden und weiter leben. *1)

(Ich fasse zusammen: Nein. Nicht für dich. Für mich.
Mir muss wieder einfallen was es mit all den Wesen auf sich hat. Und woher ich sie kenne.

*1 Bemerkungen des Zeitzeugen

*Also jetzt weiß ich schon das GABRIEL ein mindestens 7000 Jahre alter Engel ist, der nichts von seiner Herkunft weiß und eigentlich Oona Ma´roona heißt.
Und dass sie mit 17 Jahren schon so stolz war, wie 12 Krieger der obersten Kaste zusammen. Und schön ist sie. Schön wie eine Inka-Göttin.
Und er? Was weiß ich über Belial Morgenstern?
Nicht sehr viel, nicht wahr?
Außer: Er wurde vor meinen Augen aus einem Schatten geboren. Er hat mehrere Söhne, möglicherweise ungezogene Söhne. Und Brüder mit denen er im Streit liegt. Dann wissen wir noch, dass einer dieser Brüder Luzifer heißt..
Und wir wissen das Belial Morgenstern Oona Ma´roona kennt seit sie 17 Jahre alt ist. Wie alt ist dann er? Will ich das wirklich wissen?
SIE schickt also jemanden nach Oben. Aber wo ist Oben? Was*

*1 Bemerkungen des Zeitzeugen

denkst du? Oben ist der Himmel? Wer sagt, dass der Himmel oben ist?
Wenn du auf dieser Seite der Erdkugel stehst und mit einem Finger nach Oben deutest, und auf der dir gegenüber liegenden Seite der Erde steht jemand und zeigt ebenfalls nach Oben, wer zeigt dann wirklich nach Oben? Zeigt dieser andere dann, wenn du zu Ihm schaust nicht nach Unten? Aber denkt er über dich nicht das Gleiche?
*Ein Vorschlag zur Güte. Oben ist überall. Es kommt nur auf den Standpunkt an. *1)*

„Komm Herr, wir müssen nach Hause. Ich denke dass sie bald in ihrer Wohnung erscheinen wird." bat Hein seinen Freund.
„Was hat ihre Wohnung mit deinem Wohnsitz zu tun? hast du eine Überwachungsanlage eingebaut?" wollte Belial aufgrund dieser Bitte wissen.
„Nein. Das würde sie merken.

*1 Bemerkungen des Zeitzeugen

Außerdem funktioniert sie in ihrer Umgebung nicht." gab er zu es schon einmal versucht zu haben.
*(Woher sonst wüsste er, dass es nicht funktionierte? *1)*
„Unsere Wohnungen liegen im gleichen Haus. Ihre liegt genau über meiner. Anders war es auf die Schnelle, nach dem Unfall, nicht möglich." erklärte er weiter.
Beide, der Alte und der Junge gingen einige Zeit schweigend durch den mit Menschen angefüllten Park und wurden doch von niemandem gesehen, und der Alte würde nicht anfangen zu sprechen bis der Junge Ihn nicht dazu aufforderte.
„In Ordnung." brach der Junge nach einer Weile das Schweigen. „Dann erzähle mir jetzt alles über Gabriel." verlangte er und es klang nicht so als würde er eine Weigerung akzeptieren.
„Wo fange ich am besten an?" überlegte Hein.

*1 Bemerkungen des Zeitzeugen

„Erzähle mir noch einmal von dem Kampf. Wie fand sie meinen Bruder?"

„Wie sie Ihn fand? gar nicht. Sie wusste es einfach und wartete Hier auf Ihn. Ich weiß aber nicht woher sie wusste dass er Hierher kam.

Der Kampf? es war ein Kampf der Gezeiten. Er war der Hass, sie war die Liebe. Er war Feuer, sie Wasser. Sie brachte das Feuer zum erlöschen. Er war das Wasser sie der Felsen in der Bucht. Sie spaltete das harte Wasser zu weichem weißen Schaum. Er war der Schnee, der die Welt bedeckte. Sie die Sonne, die den Schnee zum Schmelzen brachte. Er war die Sonne, die, die Erde verbrannte. Sie war der Regen, der die verbrannte Erde kühlte. Er war der Sturm, der die Bäume entwurzelte. Sie war die Musik, die den Sturm zum erliegen brachte. Er war die Nacht, sie war die Sterne. Er war der Tag,

sie war die Sonne.
Er verlor alle Kämpfe. Sie zeigte Gnade. Schließlich gab sie Ihm Tränen. Er weinte diese Tränen für sie. Er gab ihr seine Tränen, und sie war seine Trauer."
„Sehr bildgewaltig, deine Erklärung." schmunzelte Belial.
„Es ist mir leider nicht möglich, dir diesen Kampf anders zu beschreiben. Ein Kampf zum Sterben schön.
Obwohl SIE wusste dass ich da war, sah sie mich nicht einmal an. Obwohl SIE zuließ dass ich es roch, diesen Duft in mir aufnahm. Und obwohl sie es wusste, ließ sie mich nicht zu Ihm gehen. Hätte ich es gekonnt, ich wäre sogar zu ihr gegangen um sie zu bitten mich auch nach Oben zu schicken."
„Weshalb konntest du es nicht? ich war nicht da. Ich hätte dich nicht hindern können. Ich hätte dich auch nicht erreichen können um dich für deinen Verrat zu tadeln.

Ist dein Herz so kalt dass du nicht den Versuchungen eines Engels erliegen könntest?"
Belial schien amüsiert zu sein. Er lächelte sogar ein klein wenig.
„Du vergisst mein Herr, ich habe kein Herz." erklärte Hein, seinem Herrn gelassen, und dennoch …
*(… klang dies beinahe so, als würde er es bedauern. Aber kann jemand, der kein Herz hat, etwas bedauern? Weshalb, verdammt noch mal, kommt mir das alles, nur so bekannt vor? Nein. Ich habe nicht geflucht. Ich fluche **nie**. *1)*

***

Am nächsten Morgen,...
(Ja, es ist erst ein einziger Tag vergangen. Ein sehr kurzer Tag. Am nächsten Morgen also, … *1)
… war Mira, die nur einen Tag frei gehabt hatte, die Erste im

Büro, und wie jeden Morgen, bereitete sie alles vor.

Sie goss die Blumen in jedem Büro, öffnete und verteilte die Nachrichten die Jeder empfangen hatte, stellte die Kaffeemaschine an und bereitete den Wasserkocher für Gabriels Tee vor.

Gerade als sie sich in ihren Sessel gesetzt hatte, um die Nachrichten auf dem Band abzuhören, ging die Tür auf und Belial Morgenstern kam herein.

„Guten Morgen Herr Morgenstern. Es ist noch niemand da. Darf ich Ihnen eine Tasse Tee oder Kaffee anbieten?" wollte Mira höflich wissen.

„Bei einer Tasse Tee sage ich nicht Nein. Vielen Dank."

Sofort stand sie auf, holte zwei Tassen aus dem Regal, nahm ihre Warmhaltekanne und füllte beide Tassen mit ihrem angenehm duftenden Kräutertee.

„Möchten sie Zucker in ihren

Tee Herr Morgenstern?" wollte sie fürsorglich wissen.

„Brauche ich welchen?" fragte er höflich.

„Mir schmeckt er ohne." erklärte Mira Ihm und stellte eine Tasse vor Ihn.

„Dann nehme ich Ihn auch ohne."

„Danke sehr."

Nach und nach, stellte sie noch ihre selbstgebackenen Kekse und den Kuchen hin.

(Beide unterhielten sich sehr ausgelassen. Nicht so wie man sich mit jemandem unterhält den man erst vor einem Tag kennen gelernt hat. Nein. Die Beiden unterhielten sich so wie sich gute Freunde unterhielten. Mit vielen Scherzen und viel Lachen. Stimmte da etwas nicht? *1)

Exakt 5 Minuten vor 8 Uhr kam Gabriel ins Büro. Wieder trug sie die Kleidung der Trauer.

„Guten Morgen Mira. Ich habe dir etwas mitgebracht. Ich hoffe

1 Bemerkungen des Zeitzeugen

du hast es noch nicht. Guten Morgen Herr Morgenstern. Ich hoffe Henry hat sie gestern Abend nicht all zu lange wach gehalten." begrüßte sie Belial gleich nach Mira und zog den Mantel aus.

„Darf ich sie bitten noch einmal 2 Minuten zu warten?" fragte sie Belial, weniger angriffslustig als gestern. „Ich stehe Ihnen gleich zur Verfügung." fügte sie noch hinzu.

„Natürlich. Ich weiß ich bin etwas zu früh dran. Mira hat mich sehr gut unterhalten."

„Danke Mira." bedankte Gabriel mit einem kleinen Lächeln und betrat ihr Büro.

Verwirrt, beinahe traurig sah er ihr nach.

Er konnte sich wage an den Schmerz erinnern den ein Engel verspürt, wenn er die Toten auf ihrem letzten Gang beglcitctc. Auch wenn es bei Ihm schon lange her war. Sehr lange.

(Die Toten, die mitten aus ihrem

1 Bemerkungen des Zeitzeugen

Leben gerissen wurden, waren mit ihrem Schmerz, und dem Drang unerledigte Dinge, und Aufgaben erledigen zu wollen, am Mitleiderregendsten. Denn ein Engel empfindet Schmerz nur, wenn er Mitleid empfindet. Und es ist eines Engels Aufgabe Mitleid zu empfinden. Aber was muss ein Engel empfinden, wenn er nicht weiß dass er ein Engel ist? Und dazu noch der Letzte auf Erden? Und dieser letzte Engel wurde ausgesandt alle gefallenen Engel zu suchen und 'nach Hause' zu bringen.
Es war für einen Engel schon schlimm genug den Schmerz der Menschen zu ertragen, wenn er wusste weshalb er litt, aber nicht zu wissen weshalb man leidet? Und dennoch, das Leid der ganzen Menschheit zu ertragen, stellte er sich als, zumindest nicht sehr erfreulich vor. Fast tat sie Ihm leid. Aber nur fast. *1)
Sobald Gabriel in ihrem Büro war, schaltete sie den Computer

*1 Bemerkungen des Zeitzeugen

an, rief die Datei auf, die sie für
diesen Fall benötigte, und gleich
darauf bat sie erst Herrn
Morgenstern in ihr Büro.
In der Zwischenzeit hatte sie die
Liste mit den Frauen aufgerufen
die sie möglicherweise alle
besuchen müssten.
Eine neuerliche Änderung der
Liste überspielte sie an ihr
kleines Empfangsgerät das sie
wieder am Handgelenk trug.
Auf dem kleinen Bildschirm
konnte sie, wenn sie unterwegs
war, alle gespeicherten Daten
einsehen. Und gegebenenfalls
die Adressen der anderen Frauen
aufrufen, die sie noch aufsuchen
müssten.
„Ich habe zwei Vorschläge für
sie." begann Gabriel, kaum das
Belial Platz genommen hatte,
ohne Umschweife. „Erstens: Ich
fahre allein zu den Frauen,
mache ein Bild von Ihnen und
zeige Ihnen dann die Bilder. Und
in der Zwischenzeit können sie
sich ihren Geschäften widmen.

*1 Bemerkungen des Zeitzeugen

Zweitens: Ich gebe Ihnen die Adressen und sie schauen sich die Frauen alleine an." schlug sie Ihm ihre zwei Möglichkeiten vor.

„Was, wenn ich sie alleine suche und ich etwas Falsch mache? Was, wenn ich zu *ihr* gehe, und sie es nicht überleben sollte? Ich denke ich werde dann sie dafür verantwortlich machen." erklärte er ihr seine Sicht dieser Möglichkeiten.

„Ja. Ich denke auch, dass mein dritter Vorschlag der Beste war. Wir fahren zusammen zu den Frauen, und sie sagen mir, ob es ihre Frau ist. Wenn nicht fahren wir zur nächsten." meinte sie mit einem Blick auf ihr Modem, an ihrem Handgelenk, während sie die Liste betrachtete, und zu ignorieren versuchte, dass Belial breit grinste.

„Ja. Ich denke dieser Vorschlag gefällt mir auch am besten." bestätigte er daraufhin sachlich.

„In Ordnung. Dann kommen sie.

Ich fahre jetzt los." erklärte sie Ihm und erhob sich.
„Wollen sie nicht erst frühstücken?" wollte er wissen.
*(Woher wusste er, dass sie dies noch nicht getan hatte? *1)*
„Nein. Und sie haben ja schon gefrühstückt. Nicht wahr?" fragte sie ohne Ihn anzuschauen und fuhr ihren Computer wieder herunter.
Ohne auf Ihn zu warten, ging sie hinaus zu Mira. Dort nahm sie ihren Mantel und verließ das Bürogebäude, ohne darauf zu achten ob Herr Morgenstern ihr folgte. Ganz so als sei sie es schon sehr lange gewohnt immer alleine zu sein. Immer verlassen zu werden. Sie musste sich nicht umdrehen. Irgendwann war sie immer allein. Manchmal später, manchmal früher.
Als sie an ihrem Fahrzeug war erklärte sie Ihm dass sie nicht wie eine Wilde durch die Stadt fahren, sondern an einem bestimmten Ort stehen und

*1 Bemerkungen des Zeitzeugen

warten würde bis die jeweilige Frau dort erschien. Was manchmal Stunden oder sogar Tage dauern konnte.
„Und sollten wir nicht sicher sein, ob die Frau die wir suchen, gerade die ist die wir beobachten, werde ICH aussteigen und die Frau etwas Fragen. Nur um eventuelle Todesfälle auszuschließen.
Haben sie Einwände gegen meine Methode?" fragte sie Ihn.
Obwohl man sicher sein konnte dass sie seine Einwände nicht im Geringsten interessieren würden.
Aber er hatte keinerlei Einwände, da sie Ihn ohnehin hindern würde, einer dieser Frauen zu nahe zu treten, sollte er Eine als seine Frau erkennen.
„Gut dann steigen sie ein ich fahre notfalls auch ohne sie, und zeige Ihnen dann die schönen Erinnerungsfotos."
„Sie fahren?" fragte er entsetzt.
„Ich denke wir sind gerade wieder bei ihrem kleinen

Frauenproblem gelandet. Es wird sie sicherlich sehr erstaunen, aber: Frauen haben das Wahlrecht erhalten." bemerkte sie bissig, so das Ihm, *(ja sogar Ihm *1)*, ein kalter Schauer über den Rücken lief.
Resigniert schloss er die Augen.
Jetzt war es absolut klar. Sie hielt Ihn für einen ausgemachten, frauenfeindlichen Idioten. Und für einige Zeit versuchte er nicht einmal mehr, dass sie Ihn ansah.
'Was, außer Mitleid für einen Narren, hätte er schon, in ihren Augen erkennen können?' fragte er sich, entsetzt über seine zunehmende Dummheit in ihrer Nähe.

„Tragen sie eigentlich immer Handschuhe?" wollte Belial wissen, als sie gerade den Wagen geparkt hatten und nun darauf warteten dass die erste Frau auf der Liste ihr Haus verließ.

*1 Bemerkungen des Zeitzeugen

„Ja." gab sie Ihm wieder nur ein Wort zur Antwort, während sie das Haus beobachtete.

„Gestern Abend, beim Essen, als der merkwürdige junge Mann an unserem Tisch saß trugen sie aber keine Handschuhe." bemerkte er, wieder wie beiläufig.

„Das war eine Ausnahme. ER war etwas ganz Besonderes." mit dieser Antwort sagte sie Ihm gerade, dass er selbst, nichts Besonderes war.

„Ist er es jetzt nicht mehr?" fragte er erstaunt, ohne auf die Beleidigung einzugehen.

„Damit meinte ich dass es ein Abschied war. Ich werde Ihn nie wieder sehen." erklärte sie Belial wieder mit ihrer eigenen Traurigkeit.

„Das klang gestern Abend aber nicht so. Da hatte ich eher den Eindruck dass sie Ihn bald wieder sehen würden." versuchte er erneut eine Antwort zu erhalten. „Was machen wir jetzt?" fragte er, als sie Ihm diese Frage auch nicht beantwortete.

„Warten." gab sie wieder nur ein Wort zur Antwort. Aber mehr, um zu beschreiben was sie nun tun würden, waren auch nicht nötig.

(Also warteten sie. Und warteten, und warteten, und ... *1)

***

„Dort, sehen sie die Frau die gerade das Haus verlässt. Ist das ihre Frau?" fragte sie Ihn ruhig als die Frau, die Gabriel ermittelt hatte, das Haus verließ.

„Alle Achtung. Die ist sehr schön. Aber nein. Das ist sie nicht." er schien es fast zu bedauern. „Können wir nicht kurz aussteigen und einige Worte mit ihr wechseln?" fragte er munter, sein Interesse an ihr war geweckt. Sicher hatte sie noch altes Blut in den Adern,

*1 Bemerkungen des Zeitzeugen

denn sie sah Oona sehr ähnlich., vor allem ihr Knochenbau, und die Form ihrer Wangen und Augen.

„Nein. DIESE IST NICHT FÜR DICH."

„Was?" fragte er irritiert. Und sah Gabriel von der Seite an. Er war sich nicht sicher ob er sie richtig verstanden hatte.

„Ich habe nichts gesagt." sagte Gabriel genauso verwirrt, startete den Wagen und fuhr los zur nächsten Adresse. Nachdem sie die, an dem kleinen Monitor an ihrem Handgelenk, angeschaut hatte.

„Ich danke Ihnen. Jede der Frauen die wir heute aufgesucht haben passte zwar genau auf meine Beschreibung, aber leider war SIE nicht dabei."

„Lassen sie den Kopf nicht hängen. Die Liste ist noch lang und wir werden sie ganz bestimmt finden. Wo kann ich sie absetzen?"

*1 Bemerkungen des Zeitzeugen

„Bei Henry. Ich werde für die Dauer meines Aufenthaltes bei Ihm wohnen. Darf ich sie zum Abendessen einladen."
„Sonst sehr gerne, nur leider muss ich heute noch einiges erledigen. Ich wünsche einen angenehmen Abend."
„Das wünsche ich Ihnen auch. Auf Wiedersehen."
*(Ja, er wollte sie wirklich gerne wieder sehen. *1)*
Kaum war er ausgestiegen fuhr sie auch schon wieder los. Allerdings nicht zu einer Verabredung wie Belial vermutete, sondern ins Büro. Sie hatte noch eine Menge Arbeit die leider liegen geblieben war da sie den ganzen Tag mit Herrn Morgenstern unterwegs war.
Außerdem musste sie die Liste in der Datenbank aktualisieren.

*

„Hallo wusste ich doch das du vergessen hast das wir Zwei

1 Bemerkungen des Zeitzeugen

verabredet sind." erschreckt sprang sie auf. Sie hatte niemanden kommen hören. Auch hatte Josh, der Nachtwächter, keinen Besucher angemeldet.
„Wie kommen sie denn in das Gebäude?" fuhr sie den Eindringling wütend an. „Darf ich sie bitten das Gebäude zu verlassen. Unsere Bürozeiten beginnen um 8.00 Uhr. Auf Wiedersehen." erklärte sie dem jungen Mann, nun wieder ruhig und wollte Ihn zur Tür führen. Aber kaum dass sie in seiner Nähe war, legte er die Arme um sie und wollte sie küssen.
(Woher wusste dieser verzweifelte Mann dass er sterben würde, wenn er einen Engel, diesen Engel küsst? Hatte es Ihm womöglich jemand gesagt? wenn ja, wer? Dumme Frage, wer, außer ihrem Klienten, fällt einem da schon ein?*1)
„Nein. Es ist noch nicht deine Zeit." stellte sie ruhig, beinahe

*1 Bemerkungen des Zeitzeugen

singend, klar und sah Ihm tief in die Augen.

Genauso plötzlich wie er in ihrem Büro erschienen war, ließ er sie los und sah sie an. Ergab sich in ihre Augen und den sanften Duft von Flieder der ihr anhaftete.

Auf seinem Gesicht spiegelten sich bald abwechselnd die verschiedensten Emotionen. Verzweifelt versuchte er in seiner Wut und seinem Zorn zu verweilen, aber am Ende liefen Ihm dicke Tränen über die Wangen.

Nun standen sie sich lange Zeit gegenüber und sahen sich nur in die Augen.

Das Gesicht des Mannes hatte sich völlig verändert.

Als er den Raum betreten hatte, standen Hass, Wut, Verzweiflung und Trauer in seinen Zügen, und Zorn.

Nun war es das Gesicht eines Mannes der mit viel Hoffnung in die Zukunft sah.

*1 *Bemerkungen des Zeitzeugen*

Niemand konnte Ihm jetzt noch seine Hoffnung nehmen. Niemand. Nie wieder.
Auch nicht Derjenige der jetzt mit Henry in das Büro gestürmt kam.
„Was ist hier los? Der stumme Alarm wurde ausgelöst?" rief Henry aufgebracht, nervös? ängstlich?
„Nichts. Nur ein Versehen. Ein Freund hat mich besucht. Er hatte nur vergessen dass unsere Verabredung auf einen späteren Zeitpunkt verlegt worden war. Er sorgte sich um mich und kam mich suchen." erklärte sie Henry und Belial mit einer Ruhe und Gelassenheit die Belial sehr erstaunte.
Sanft fuhr sie dem Mann, den sie getröstet hatte über die Wange, nahm den Arm den er ihr bot und verließ zusammen mit Ihm das Bürogebäude.
Henry und Belial blieben einige Zeit verwirrt stehen und dachten an Gabriel. Nie hatte sie schöner

ausgesehen, als in dem Augenblick, als sie ihrem Besucher die Wange strich.
Aber sobald sie aus Belials Reichweite war, krümmte sich dieser vor Schmerzen die er plötzlich hatte.
Henry kümmerte sich darum dass es niemand sah und half seinem Freund aus alten Tagen, bis es Ihm wieder besser ging.
(Merkwürdig. Henry schien sich gar nicht über die Schmerzen zu wundern, die sein Freund plötzlich hatte.
*Was daran merkwürdig ist? würdest du dich nicht um deinen Freund sorgen, wenn er sich einfach so aus heiterem Himmel vor Schmerzen krümmt? Würdest du wirklich zuerst nachsehen ob niemand mitbekam dass er Schmerzen hat? Na` also! Merkwürdig. Sehr merkwürdig!!! *1)*
„Ich denke **Dieser** ist auf Ewig für uns verloren." brachte Belial mühsam heraus als der Schmerz

1 Bemerkungen des Zeitzeugen

nachließ.

„Geht es wieder?" fragte Henry, den Belial seinen Freund Hein nannte.

*(Das ist auch wieder etwas was mir sehr bekannt vorkommt. Es fällt mir bestimmt noch ein. Immerhin muss ich dir noch den Schluss erzählen, und dann muss ich schließlich wissen, wer Freund Hein ist. Wäre es doch möglich, das Belials Freund Hein, DER 'Freund Hein' ist, den ich schon einmal erwähnte? *1)*

„Wie wäre es mit ein wenig Mitgefühl?" fragte Belial beinahe wütend.

„Du vergisst. Ich habe kein Herz. Und ohne Herz, kein Mitgefühl." erklärte Henry sachlich kühl.

„Ich denke etwas in der gleichen Art hast du schon einmal zu mir gesagt." überlegte Belial, dem es langsam wieder besser ging.

„Dabei ging es um das Sterben, mein Herr. Ohne Herz kann ich

*1 Bemerkungen des Zeitzeugen

nicht sterben." erklärte Henry gelassen.

„Ja, richtig. Ihr Kampf, zum Sterben schön, nicht wahr? Bedauerst du dass du kein Herz hast?" wollte Belial zum ersten Mal wissen, seit er seinen Freund Hein kannte.

„Ich habe kein Herz. Ich kann nichts bedauern." diese Ausrede passte auf alle Fragen, stellte Heinrich immer wieder fest.

„Ja. Jetzt erinnere ich mich wage daran das wir ein Gespräch dieser Art schon einmal geführt haben. Ist allerdings schon eine kleine Weile her."

„Ja Herr. Einige Jahrhunderte."

„Wie ging dieses Gespräch eigentlich zu Ende?" fragte Belial interessiert.

„Gar nicht. Du hast es abrupt beendet. Wie du es immer tust."

„Bei Gelegenheit kannst du mir noch einmal sagen weshalb. Jetzt will ich erst einmal wissen, wo sie mit der für mich verlorenen Seele hin gegangen ist."

*1 *Bemerkungen des Zeitzeugen*

„Sie sind in den Park gegangen. Er erzählt ihr von seinem Leben und den ganzen Fehlschlägen die du Ihm bereitet hast. Und wie dies sein Herz erdrückt hat. Und jetzt gerade erzählt er ihr von dem Traum an den er sich nicht erinnern dürfte."
„Oh. Ja. Ich vergaß. In ihrer Nähe kann er sich an die Träume erinnern die ich im sandte. Was soll ich sagen? *UPS?* " wurde es Ihm plötzlich peinlich verlegen bewusst. „Dann kann sie sich also doch wieder an alles erinnern?" fauchte Belial aufgebracht und stürmte aus dem Büro.
Er musste sie suchen und finden. Und sobald er sie gefunden hatte musste er sie töten, sonst würde sie Ihm und seinem Treiben den Garaus machen. Einmal hatte sie Ihn fast erwischt, wie er den Schmerzen entnommen hatte. Im Restaurant hatte sie angefangen danach zu riechen. Belial hatte angenommen resistenter dagegen

*1 Bemerkungen des Zeitzeugen

zu sein.

Er wusste nun dass sie im Park war, Hein hatte es Ihm gesagt.
(Er läuft schnell, sehr schnell! *)
Niemand konnte Ihn einholen also konnte Ihn auch niemand aufhalten. Er suchte den ganzen Park ab, bis er sie endlich fand.
In dem nur vom Mond erhellten Park wurde sie von einem Licht umgeben, dass nicht vom Mond kam.
SIE erzeugte dieses Licht.
Für einen kurzen Augenblick zögerte er. Wieder roch er den Flieder. Der ganze Park duftete danach. Er konnte einfach nicht weiter gehen. Er musste SIE noch einmal anschauen. Er musste noch einmal diese Pracht sehen.
'*Wunderschön ist sie. Immer noch. Und eingetaucht in dieses Licht, ist sie noch schöner als ich sie in Erinnerung habe.*'
Dann schloss er fest die Augen um sich auf seine Absicht zu

*1 Bemerkungen des Zeitzeugen

konzentrieren. Wenn er seine Augen öffnete, würde er los eilen, um sie zu töten.

Aber als er die Augen öffnete eilte er nicht los. Nicht etwa, weil er doch nicht wollte. Nein Hein stand vor Ihm und ließ Ihn nicht durch.

„Aus dem Weg." befahl Belial Ihm zornig. Belial wusste, Hein musste Ihm gehorchen. Und doch befahl er es Ihm mit einer Angst, die erkennen ließ, dass er hoffte, Hein würde Ihm nicht gehorchen.

„Sie kann sich anschließend wirklich an nichts erinnern." erwiderte Henry und legte Belial beruhigend eine Hand auf die Schulter. „Du weißt ich habe kein Herz, und habe folglich auch keinen Grund zu Lügen. Und sollte ich dich belogen haben, müsste ich dann nicht mindestens in Flammen stehen?"

Also stand Belial mit Henry unter den Bäumen des Parks und beobachtete Gabriel, der nun als

*1 Bemerkungen des Zeitzeugen

ein Teil von Oona Ma´roona zu erkennen war. Sie beobachteten Gabriel, wie sie mit Dem sprach, in den er, Belial, so große Hoffnung gesetzt hatte. Und der nun seinen Untergang einleitete. Denn durch Ihn nahm nun auch er ihren Duft in sich auf.
Wenn dieser Gabriel getötet hätte, wäre Belial alle Probleme auf einen Streich los gewesen.
Also musste er jetzt selbst sehen wie er SIE loswerden konnte. Dabei musste er nun höllisch aufpassen dass sie Ihn nicht berührte, solange sie für Ihren *Boss* als Engel unterwegs war. Das hätte verheerende Folgen für Ihn. Er könnte ihr noch entgehen, wenn er sie auf der Stelle tötete, oder sich, wie er es früher immer getan hatte, da er es nicht über sich gebracht hatte ihr ein Leid zuzufügen, einfach umdrehen und gehen.
Langsam taten Ihm, von dem Licht dass sie ausstrahlte, die Augen weh.

1 Bemerkungen des Zeitzeugen

Belial Morgenstern war schon seit Ewigkeiten nicht mehr an dieses Licht gewohnt. Und dann fing auch noch sein fehlgeschlagener Versuch an dieses Licht in sich aufzunehmen. Er strahlte zwar selbst kein Licht aus, konnte es auch nicht, da er nur ein Mensch war, aber er nahm ihres auf und … er konnte es weiter geben.

Belial konnte jedes Wort hören dass die Beiden sprachen. Und dies obwohl Gabriel und der Mann sehr leise sprachen und mindestens 10 Meter von Ihm entfernt waren.
„Wenn er geht, musst du sehr schnell hinter sie treten und sie auffangen. Keine Sorge sie ist dann nicht mehr *Seine* Botin. Sie ist dann nur noch eine Menschenfrau.
Die, wenn du sie nicht auffängst, Morgen unheimliche Kopfschmerzen haben und dies ganz sicher an dir auslassen

1 Bemerkungen des Zeitzeugen

wird."

„Was hat das damit zu tun dass ich sie auffange?" fragte Belial verwirrt.

„Wenn du sie auffängst schlägt sie nicht mit dem Kopf auf dem Boden auf." erklärte sein Freund Hein Ihm amüsiert, da Belial das Offensichtliche in diesem Augenblick nicht erkannte.

„Guten Morgen Gabriel. Wie geht es dir heute?" fragte Mira besorgt.

„Gut. Danke. Wenn Herr Morgenstern kommt, schicke Ihn bitte herein. Ich habe einiges mit Ihm zu bereden." bat sie leise, fast singend, wie sie es manchmal tat, nachdem sie ihren Mantel ausgezogen hatte. Zumindest klang es so als würde sie singen.

(Was sie natürlich nicht tat. Es klang nur einfach so.*1)

„Ist etwas passiert?" wollte Mira wissen.

„Nein, nichts schlimmes. Nur, so

1 Bemerkungen des Zeitzeugen

merkwürdig es klingt, als ich gestern Abend meine Liste aktualisiert habe fiel mir auf dass sogar mein Name auf der Liste steht. Ich will dem Knaben diesbezüglich nur ein paar Fragen stellen. Außerdem hat er auf meine Person mehr als merkwürdig reagiert." erklärte Gabriel während beide sich eine Tasse Kräutertee gönnten, bis die ersten Klienten eintrafen.

„Apropos merkwürdig reagiert. Du sagtest, du warst gestern Abend noch einmal hier, fiel dir da etwas merkwürdiges auf?" wollte Mira besorgt wissen. Nicht das Gabriel etwas geschehen war, oder wenigstens fast.

„Nein weshalb?"

„Der Nachtwächter hat einen Vermerk in sein Routenbuch geschrieben. Darin heißt es, in der Nacht sei der stumme Alarm ausgelöst worden." erklärte sie ihr ihre Sorge.

„Nein. Er wurde sicher erst

ausgelöst als ich schon wieder weg war. Oder aber ich habe nichts davon mitbekommen."

„Wovon hast du nichts mitbekommen?" fragte Henry interessiert, der gerade mit Belial herein kam.

„Mira fragte mich gerade, ob ich Gestern etwas mitbekommen habe. Josh hätte geschrieben in der Nacht sei der stumme Alarm sei ausgelöst worden. Aber ich habe nichts davon mitbekommen. Sicher war ich schon zu Hause und habe fest geschlafen. Gestern war schließlich ein langer Tag." erklärte sie Ihm während sie in ihr Büro verschwand.

Deshalb sah sie nicht wie Henry Belial einen Blick zuwarf der so viel besagte wie: *'Ich habe es dir ja gesagt.'*

Allerdings warf Mira Ihm auch einen Blick zu und der sagte so viel: *'Passe auf. Sei auf der Hut.'* nur konnte er damit im Augenblick nichts anfangen.

*1 Bemerkungen des Zeitzeugen

„Herr Morgenstern." rief Gabriel Ihn in ihr Büro. Sofort kam er ihrer Aufforderung nach. Ganz so als sei er es gewohnt zu kommen, wenn sie Ihn rief.

„Bitte nehmen sie Platz." was er auch wieder sofort tat. „Bevor wir heute wieder losfahren, hätte ich noch einige kurze Fragen an sie.

Nachdem ich mir Gestern noch einmal die Liste mit den Namen angesehen habe, fielen mir einige Ungereimtheiten auf.

Zum Ersten: Sie suchen gar nicht *IHRE* Frau. Sie suchen *EINE* Frau. Diese Tatsache hat aber nichts damit zu tun dass ich diese Frau nicht mehr suchen werde.

Zum Zweiten fiel mir auf dass auch mein Name in der Liste steht. Dies hat aber auch nichts mit der Tatsache zu tun dass ich diese Frau nicht mehr suchen werde.

Nun meine Frage zu beiden Tatsachen. Bin ich die Frau die

sie suchen?" fragte sie ohne Pause und sah Belial unverblümt in sein Gesicht.

Außer ein leichtes, winzig kurzes Zucken einer Augenbraue merkte sie nichts was auf eine Antwort schließen ließ.

„Nein." sagte er nur, ohne allerdings den Kopf, oder auch nur den Blick zu heben.

„Jetzt schauen sie mir in die Augen und sagen es noch einmal. Und um es Ihnen etwas leichter zu machen, ..." begann sie, stand auf und ging zu seinem Sessel.

Sofort stand er auf und wollte zurück weichen, oder den Raum verlassen. Aber Gabriel versperrte Ihm den Weg indem sie sich genau vor Ihn stellte. Wollte er nun noch an ihr vorbei, musste er sie berühren, und sie wusste, dass er darauf keinen besonderen Wert legte.

Sofort blieb er stehen. Erstarrte fast mitten in der Bewegung. Er wollte sie nicht berühren,

*1 Bemerkungen des Zeitzeugen

obwohl er sich nach all den Jahren immer noch so sehr danach sehnte.

Aber sie berühren hieße sich zu entscheiden. Sich jetzt zu entscheiden. Und weshalb sollte er es in diesem Augenblick übers Knie brechen, wo er sich doch schon seit mehr als 5000 Jahren mit einer Entscheidung schwer tat?

Er stand eine Armlänge von ihr entfernt und sah ihr ins Gesicht.

Der Morgenstern sah in ihr wunderschönes Engelsgesicht. Und ein Schmerz machte sich in seinen Zügen bemerkbar, ein Schmerz den man nicht mit Worten erklären kann.

Er sah ihren Mund. Die weichen, zarten, scharf umrandeten Lippen.

Wie gebannt sah er zu wie ihre Lippen das erste Wort bildeten.

„Hier noch einmal meine Frage: Bin ich die Frau, die sie suchen?"

Dann, er konnte nichts anders

tun, hob er den Blick, und sah ihr in die Augen.
In diese großen traurigen, klaren, tiefen, wunderbaren, schwarzen, Mandelaugen.
Langsam öffnete er den Mund. Er wollte es sagen. Er musste es sagen. Er konnte nicht anders. Und wenn er es tat, wenn er ihr antwortet, konnte er endlich seinen Augen schließen, seinen Kopf an ihre Schulter lehnen und...
*(Pass auf du Trottel. Sie hat dich gleich. *1)*
„...wann fahrt ihr?" platzte Henry ohne anzuklopfen in ihr Büro.
„Wie aufs Stichwort." bemerkte Gabriel trocken, aber verstehend lächelnd hinter ihrem Schreibtisch sitzend.
„Was tust du denn da?" fragte Henry entsetzt, als er sah dass sie die Datei von ihrem Handmodem löschte. „Du kannst doch nicht ..." begann Henry hektisch.

*1 Bemerkungen des Zeitzeugen

„...nein." unterbrach Belial Ihn leise, kaum mehr als ein Flüstern. „Danke mein Freund. Aber alles Weitere liegt jetzt an mir." Henry verbeugte sich leicht vor Belial und verließ das Büro. Was immer er von einem der Beiden gesagt bekam, musste er tun. Immer.

(Hatte er die Panik gespürt die sein Freund, ausgelöst durch ihre unmittelbare Nähe, gefühlt hatte? War er deshalb so herein geplatzt? Hatte er es gespürt? Wenn ja, weshalb blieb er dann nicht? Weshalb erkannte er dann nicht was gerade geschehen war? *1)

„Ich denke nun, ich brauche *diese* Frau, wirklich nicht weiter zu suchen. Nicht wahr?" stellte sie ihre Frage erneut, nur etwas anders formuliert, wartete aber nicht wirklich auf eine Antwort. Denn die, die Belial ihr geben würde war zu offensichtlich.

Aber der reagierte nicht. Er stand noch genauso da, wie er

*1 Bemerkungen des Zeitzeugen

gestanden hatte als sie vor Ihm gestanden hatte, als Hein in das Büro gestürmt war, als er es wieder verlassen hatte. Und als Gabriel wieder auf ihrem Platz saß.

*(Wie kam DIE denn so schnell auf ihren Platz hinter dem Schreibtisch? Und ohne dass Henry sie dort hatte hingehen sehen? Ohne, dass Henry gesehen hatte, wie sie vor seinem Freund gestanden, und Ihn entlarvt hatte? Ohne, dass er die Möglichkeit hatte zu bleiben, um seinem Freund beizustehen. Beizustehen gegen eines der grauenvollsten, widerlichsten, und unerbittlichsten Geschöpfe im ganzen Universum. Einem Engel. *1)*

„Ja." antwortete er schließlich so leise dass er selbst nicht wusste ob er überhaupt geantwortet hatte. Aber Gabriel hatte seine Antwort gehört.

„Was machen wir nun?" wollte sie in ihrer eigenen Ruhe wissen.

*1 Bemerkungen des Zeitzeugen

„Denn, auch wenn sie mir nicht glauben, Herr Morgenstern, ich kann mich wirklich nicht an sie erinnern. Aber ich denke, das wissen sie. Nicht wahr?"
„Ja." antwortete er wieder mit nur einem Wort.
(War noch mehr zu sagen als dies? 'Nein.' *1)
Gabriel deutete leicht zu dem freien Sessel und Belial setzte sich wieder. Er würde immer tun was sie von Ihm wollte. Immer.
Nur wollte sie nichts von Ihm. Zumindest sagte sie nicht was sie wollte. Sagte es nie.
„Sind wir ein Liebespaar?" fragte sie, kaum dass er saß.
Da er mit dieser Frage nicht sofort in solcher Deutlichkeit gerechnet hatte, räusperte er sich kurz um sich wieder zu fangen.
Aber er brauchte gar nicht zu antworten. Sie wusste an Hand seiner Reaktion sofort dass dies nicht der Fall ist.
„Weshalb nicht?" fragte sie, statt seine verneinende Antwort

1 Bemerkungen des Zeitzeugen

abzuwarten. Sie konnte sich den nächsten Satz allerdings nicht verkneifen. „Sie scheinen es zu bedauern."
„Manchmal. D.h. eigentlich immer, jedes mal, wenn wir uns trafen, oder zufällig begegneten. Woher...?" wissen sie es, wollte er fragen. Aber auch dies brauchte er nicht.
„Sie lassen nicht zu das ich sie berühre. Wäre ich ihre Geliebte, hätten sie von sich aus schon die Berührung zu mir gesucht. Aber ich war es einmal, nicht wahr?"
„Woher wissen sie das?" wollte er wieder nur wissen, statt ihr zu antworten.
„Ihre Erklärung, wie ich mich an sie schmiegte, *während* ... und wie sie mich beschrieben haben. Augen. Haare. Duft. *Inka-Göttin*. Sie erinnern sich?" zog sie Ihn damit auf, es machte spaß Ihn zu ärgern. Stellte sic fest. „Weshalb sind wir es nicht mehr? Ich könnte mir vorstellen sie nicht abzuweisen, sollte es sich

ergeben." gab sie offen zu.

„Verschiedene Interessen. Zu verschiedene *Berufungen.*"

(Berufungen? Ach du Schreck. Nein. Lass dich nicht stören. Lies in Ruhe weiter in deinem Buch. Ich werde in der Zwischenzeit nur das wichtigste von meinen Krempel zusammen packen. Lass dich nicht stören. **LIES***!!! *1)*

„Für alle Probleme gibt es eine Lösung." wandte sie interessiert ein.

„Nein. Diesmal leider nicht. Nicht bei diesem Problem. Ihr *Boss* duldet keinerlei Vermischung mit der *anderen Seite.* Mir fällt auf, sie beobachten eine ganze Menge. Ich bin beeindruckt. Es fiel mir nicht auf dass sie mich so genau beobachtet haben."

„Nun, was machen wir jetzt? Da wir wissen, dass ich es bin, die sie suchen, brauchen wir nicht mehr Stunden lang in der Gegend herum fahren, und schweigend im Wagen nebeneinander zu sitzen. Also, wie haben sie sich unser weiteres Beisammensein vorgestellt? Schließlich können sie nicht allen Ernstes davon ausgegangen sein, dass ich diese Frau niemals finde."

„Nun ja. Ich dachte ehrlich nicht daran, dass sie, *SIE*, so schnell finden. Also habe ich auch wirklich keine Ahnung was ich jetzt tun soll."

„Nun gut. Fürs Erste dürfen sie mich heute Abend zum Essen einladen. Außer sie haben schon etwas anderes vor."

„Nein. Nein. Nein. Ich habe nichts vor."

(Und selbst wenn, kannst du sicher sein, dass dieser Trottel sofort jeden Termin absagen würde. *1)

„In Ordnung." meinte sie amüsiert. „Dann bis heute Abend, ... einen Augenblick. Ich überlege gerade.

Henry weiß ja noch gar nicht,

*1 Bemerkungen des Zeitzeugen

dass ich, ihre ... *Inka-Göttin*, gefunden habe."
Dieser Vergleich amüsierte sie, sogar ihre Wangen röteten sich leicht, und sie konnte es sich nicht verkneifen, Ihn auch weiterhin damit aufzuziehen.
„Und die Tatsache, dass er sowieso lauscht, weil er Angst hat, dass ich Ihnen ein Leid zufüge, ist irrelevant. In Ordnung. Wir gehen auf Ermittlungstour. Da kann er nicht lauschen." überlegte sie so, dass nur er es hören konnte und beobachtete dabei Herrn Morgensterns Gesicht.
So wie sie sein Verhalten einschätzte, hatte er nichts dagegen.
„Kommen sie?" fragte sie höflich und stand auf. Sie überließ es ganz ihm ob er ihr folgen würde oder nicht. Sie wäre weder von dem einen enttäuscht, noch vom anderen überrascht.
Herr Morgenstern hielt ihr

*1 Bemerkungen des Zeitzeugen

höflich die Tür auf. Gabriel trat hinaus, nicht ohne sich mit einer leichten Verbeugung für diese Ehrerbietung zu bedanken.
Draußen half er ihr in den Mantel.
'*Er verströmt einen leichten Hauch von Flieder, oder ist sie es selbst?*' überlegte er angenehm berauscht.
„Vielen Dank." sagte sie erfreut, über diese Hilfe.
Vor der Tür hakte er sich bei ihr ein. Er berührte schließlich nicht sie direkt, sondern nur ihrem Mantel!

„Wo...?" begann Henry aufgeregt, als er gerade noch mitbekam das Belial die Tür hinter sich schloss. „Mira. Wo gehen sie hin?"
„Einer neuen Spur nach. Denke ich." überlegte sie. Aber Gabriel hatte ihr noch nie gesagt wohin sie ging, wenn sie das Gebäude verließ.
„Nein. Sie weiß dass er sie

*1 Bemerkungen des Zeitzeugen

suchte. Verdammt." fluchte Henry, lief in sein Büro, nahm seinen Umhang und eilte Ihnen nach.

Aber, als er das Gebäude verließ, sah er die beiden nicht mehr. Er hatte auch keine Ahnung wo sie hingegangen sein könnten.

Henry lief einfach drauf los. Er hoffte, dass er sie Beizeiten finden würde, dass er hier war um es zu verhindern, und nicht als Berichterstatter, der alles nur Kommentarlos zu beobachten hatte.

Er hatte Belial immerhin sein Wort gegeben, Ihn zu schützen. Sie von Ihm fern zu halten. Nicht zu zulassen, dass sie alleine mit Ihm war, wenn sie wusste, dass er SIE gesucht hatte.

Aber vielleicht war es schon zu spät. Denn, das ganze Gebäude roch schon nach IHR. Nach Flieder, an einer klaren Quelle, an einem sonnigen Frühlingstag.

Aber wie sollte er Wort halten,

*1 Bemerkungen des Zeitzeugen

wenn er nicht einmal wusste, wo
Belial mit ihr hin gegangen ist.
*(Oder war sie mit Ihm
gegangen? Henry lief sehr
schnell. Oder sollte ich Ihn nun
auch Freund Hein nennen? Er
lief sehr viel schneller als man es
einem Mann, in seinem Alter
zutrauen würde.*
*Beinahe konnte man denken es
sei Panik, aber jemand der kein
Herz hat; kann der Panik
empfinden? *1)*

***

Belial und Gabriel gingen in
Oona´s Lieblingspark spazieren
um sich ungestört unterhalten zu
können und wurden doch von
niemandem gesehen.
„Ihre Lieblingsblumen sind
eigentlich die Bäume. Flieder
und..." begann Belial ihr zu
erklären.
„... und Kastanien." sagte sie
zeitgleich mit Ihm. „Ja, ich mag
ihren ..."

*1 Bemerkungen des Zeitzeugen

„Nein, bitte. Sag` jetzt nichts."
bat er sie leise. „Du hast
gewonnen. Ja ich weiß, du weißt
noch nicht einmal was du
gewonnen hast. Aber glaube mir,
du hast gewonnen.
Du hast eine Macht in dir mit der
besiegst du jeden. Sogar mich.
Ich war schon dein, als ich dich
zum ersten Mal sah. Als du mir
dein Schwert an die Kehle
gesetzt hattest um mir erklärtest,
das du keine Angst vor mir
hättest.
Egal wie mächtig ich auch *zu
sein glaubte.*
Du warst eine einzigartige
Gefangene. Du sagtest mir, du
seiest weitaus Mächtiger, und
könntest mich zu jeder Zeit, an
allen Orten, und unter jeder
Bedingung besiegen.
Du hast, bis heute, dein Wort
gehalten. Auch als wir uns
liebten, und ich dir von meinem
Plan erzählte, fort zu gehen. Du
sagtest: '*Geh nur, wenn du es
willst. Ich werde dich suchen,*

1 Bemerkungen des Zeitzeugen

finden und zurück bringen.'
Du kannst nicht weinen." erklärte er ihr weiter, und strich ihr eine ihrer kurzen Haarsträhnen aus der Stirn. „Versteh´ mich bitte nicht falsch. Damit meine ich nicht deine Gefühle. Ich meine deine Tränen." fügte er schnell hinzu, als fürchte er sie könnte Ihn falsch verstehen und einfach gehen, und strich ihr sanft über die Wange. „Deine Augen brennen wie Feuer, aber du kannst nicht weinen. Du kannst es einfach nicht. Ich weiß nicht, ob du es irgendwann einmal gekonnt hast, eventuell als Kind, oder ob dir dazu schon immer die Tränen fehlten. Aber sei deshalb nicht traurig." bat er leise, aber innerlich sehr ruhig, und nahm ihre Hände in seine.
„Sieh, du hast mich besiegt. Und das einzige was ich von dir fordere, bevor ich mich endgültig ergebe, lasse mich für dich weinen. Lass meine, deine

Tränen sein."
Er ließ ihre Hände los, und sie legte ihren Kopf an seine Schulter.
So standen sie lange Zeit, bis irgendwann er seinen Kopf auf ihre Schulter legte.
Gabriel legte zärtlich die Arme um Ihn, und Oona Ma´roona begann langsam ihre Flügel um Ihn zu schließen.
Und nach unendlichen vielen Jahren konnte er endlich wieder einmal seine Augen schließen.
Belial lauschte auf ihr Herz.
Er fühlte ihren Schmerz. Er fühlte das Leid der Welt, dass sie fühlte. Er fühlte ihren Kummer darüber dass sie nicht weinen konnte.
Und das, was Ihn am meisten an ihren Gefühlen schmerzte, war, dass er jetzt erfuhr, wie sehr sie Ihn wirklich liebte. Wie kurz sie davor gewesen war, sich Ihm zu ergeben. Hätte er nur noch ein einziges mal gefragt, wäre sie Ihm auf ewig gefolgt. Und doch

war er, zumindest ein Teil in Ihm froh, dass er sie nicht mehr gefragt hatte, dass er ihr erlegen war.

Seine Tränen nahmen lange Zeit kein Ende.

'Sie liebt mich. Und sie opfert ihre Liebe zu mir, für mein Wohl.'

Zeitgleich wusste er, dass er Dort, wo sie Ihn hinschickte, er kein Leid mehr empfinden würde, sie aber … sie wird sich für alle Zeit, solange ihre Suche nach den Verlorenen dauerte, an ihre Liebe zu Ihm erinnern können.

Sie würde jeden Tag, jede Stunde, jede Minute, jede Sekunde an die Liebe denken die sie für Ihn empfand.

Was den Schmerz, Ihn nie wieder sehen zu können, ins unerträgliche steigerte.

Und doch.

Oona Ma´roona konnte nicht eine Träne für ihre verlorene Liebe vergießen.

*1 Bemerkungen des Zeitzeugen

**

Niemand konnte sagen wie lange Beide so eng umschlungen im „*Himmelspark*" standen, bevor sie ihre Flügel vollständig um Ihn legte und sie so ein Bild einer perfekten Einheit bildeten, der kleinsten Einheit seit Menschengedenken. Einem Paar. Die Tage vergingen so schnell wie Sekunden und die Jahreszeiten vergingen so schnell wie Minuten.
Und dann von Minute zu Minute öffneten sich ihre Flügel.
(Wer Augen hatte, ein Wunder zu sehen, der sah den Schatten eines Lichtes, gen Himmel eilen. *1)

*

„B E L I."

Der Schrei war weit ins Land zu hören. Er drang in jede Ritze,

*1 Bemerkungen des Zeitzeugen

unter jedes Blatt, in jedes Haus, auf jeden Baum, auf jeden Grund jeden Sees, Meeres und Flusses.
Er drang in jedes Ohr, ob Alt, ob Jung. Ob Mann, Frau oder Tier.
Er drang in jedes Element. Feuer. Wasser. Edelstein. Selbst der Wind ergriff diesen Ruf, hob Ihn an und trug Ihn über die Länder, Felder und Wiesen.
Viele schauten sich suchend um.
'Wer war so verzweifelt?'
Aber niemand reagierte. Niemand fühlte sich angesprochen. Niemand drehte sich um. Denn es war Niemandes Name.
Aber der, der gerufen hatte, sank erschöpft vor Ihr auf die Knie.
Freund Hein hatte seinen Freund Belial gerade in dem Augenblick gefunden, als sie Ihn nach *Oben* schickte.
„Wieder einer der dich verlassen hat."
*(Sagte er es zu ihr? oder sagte sie es zu Ihm? *1)*
Sie stand da. Sah in den

1 Bemerkungen des Zeitzeugen

sternklaren Nachthimmel und genoss den Duft des Flieders.

***

„...als dein Vater sie wieder sah, hatte er all seine Macht an sie verloren. Er kämpfte nicht. Er versuchte es nicht einmal. Er ging auf sie zu und nahm sie an der Hand. Sie legte die Arme um Ihn und so standen sie endlose Ewigkeiten eng und in Liebe umschlungen.
Dann schickte sie Ihn nach oben und er konnte es kaum erwarten. Er war begierig danach endlich wieder nach Hause zu kommen..." versuchte Freund Hein Belials Sohn Rufus zu erklären, wo sein Vater geblieben war.
(Ja, richtig. Den hatte Freund Hein fort geschickt, um seine Wunden zu heilen. Hätte ich den doch beinahe vergessen.*1)
„Ich muss gestehen, zu Beginn war ich einem Irrtum unterlegen,

*1 Bemerkungen des Zeitzeugen

als ich glaubte sie sei in meiner Nähe erschienen um Euch zu töten, zu vernichten, aber nein. Sie kam hierher, um all die verstreuten Heerscharen wieder Heim zu führen. Um sie alle wieder zu vereinen." erklärte Hein weiter, ohne auf die Proteste von Belials Sohn zu achten.
(Was sagt man denn dazu? Was das war? Nichts. Das war nur ein Stuhl. Nein. Ich bin nicht in Panik! Und die Vase die gerade zu Bruch gegangen ist, war nicht wirklich wertvoll. Nur ein paar tausend Jahre alt.
Lies weiter.
Oh, meine Erzählung ist fertig? Wirklich? Dann, muss ich jetzt los. Es eilt. Klapp das Buch zu, ich muss weg. Los, mach schon. Ich habe es wirklich sehr eilig.
Nanu? Wo kommen sie denn so plötzlich her? Und wie kamen Sie hier herein? Sie riechen aber verdammt gut. Oh verflucht, ist das Flieder...?!?*1)

*1 Bemerkungen des Zeitzeugen

Ende

Herstellung und Verlag:
BoD - Books on Demand, Norderstedt
ISBN 978-3-7347-4089-3

*1 Bemerkungen des Zeitzeugen